U0052188

蝴蝶館 37

望江南

Seba 蝴蝶 ◎ 著

elegantbooks

第一章

我很老套的，穿越了。

但到今天，我還是不相信會有這種蠢事。我覺得，我只是正在做一場很長很長的夢，也說不定死掉就可以清醒過來。

理論上，這是「明朝」，國號倒是對的。但沒有永樂大帝，建文帝平安接位了，現在的皇帝是承平帝，還真像他的帝號一樣，天下太平，偶有澇旱，大抵上是豐衣足食。

朱熹那老傢伙沒占到真正的上風，民間不知道什麼叫裹腳。宋代腐儒沒成為學術主流，我看著史書時有點摸不著頭緒。

這可能是歷史一個小小的岔路，所謂的平行世界。也說不定是我一個極長極長、非常非常逼真的大夢，不知道幾時可以醒過來。

＊　＊　＊

斜斜歪在梨木小几上，我正在看《三國》話本。

（其實女孩子躺成這樣真的很難看，十四歲的姑娘家也很難說是小孩了……最少在這個時代是如此。）

（但上無雙親、下無兄弟姊妹，奶娘和曹管家都是忠心老僕，寵溺多於管教。而且這時代的人很迷信，從破敗戶弄到今日家成業就，也就隨我去了。）

老實講，我還真不愛《三國》這些打打殺殺。但一個沒書看的人就不要太挑了……

（是說我也難搞，才子佳人嫌煩，刀來劍往跳過，之乎者也又看不太懂。罷了，有《三國》可看就加減，人家女真人靠半本《三國演義》打天下，雖然不知道這個時空會不會有女真人入關。）

說起來，我真是倒楣到姥姥家，連噎住了都能穿越，什麼鬼世界。

若我是個男的，那說不定還有王八之氣可以虎軀一震，偏偏是個女生，穿過來還逢了百年不見的慘案，真是倒楣到個透頂。之所以沒投環跳井，只是因為家裡上上下下幾百口都看我吃飯。或者說，看「曹四兒」吃飯而已。

剛穿過來時，眼睛一睜開只記得肚子餓，那還真的是餓到發狂，幾乎連動都動不了。

眼睛睜開，一個古裝婦人抱著我哭，七魂當場驚走三魄，苦於動彈不得，連聲音都沒有。養了個把月都還下不了床，大半年才勉強能開口——我真為我的語言學習能力自豪，雖說這兒的地方方言和閩南語差不多，但這樣聽半年就對答如流，真不可不謂之天才……沒什麼用處的天才。

直到祖父過世，我只知道個大概，還是自己東拼西湊湊全的。

這個穿越過來的身子姓曹，是庶出的四姑娘。曹家是賣糧起家的殷商，祖父開始發跡，傳到父親這個獨子，更發達起來。雖然明人輕商，門戶不怎麼樣，但暴富起來，家裡也討了三個姨娘，和大老婆鬥得好不開心，拉拉雜雜也生了三子四女。

四兒的娘是三姨娘，人老實長得又好，在這門妻妾相鬥中就被人拿下馬，生完女兒沒多久就活活病死了。這小女娃兒要不是奶娘苦苦維護，家人心底也承三姨娘生前寬厚的情，在老爺面前提著點，不然想是長不大了。

誰知道長到十一歲，老爺一病不起，連家都來不及分就去了。不說兩個姨娘和大房鬧起來，連幾個兒女都各有算計。若不是老太爺吊著一口氣還活著，恐怕早把家給吵翻過去。

白髮人送黑髮人，老太爺本來就得了風疾，半邊身子動彈不得，更添了幾許病症。只是媳孫都不是省心的人兒，說不得強打精神，也議定好時日分家。他也公平，不分嫡庶，連女孩兒都有份嫁妝。

但底下的兒孫卻不這麼想。先是大房覓了個細故，將四姑娘打了一頓，關到柴房，親手鎖了，竟是不給飲食，想把她餓死報個疾病，好省下一份嫁妝。奶娘要去求太爺，反而被大房轟出去，還賞了頓棍子差點打死，倒在床裡起不來。

兩個姨娘和孩子都怕了，瞧那沒娘的孩子被這樣整治，他們還想有什麼好日子？各展神通，卻也不約而同，各自下藥，卻都整齊的著了道。不說眼中釘的大娘和兒女藥死了，兩個姨娘和子女也一起去黃泉相聚，連累了半府的奴僕一起喪命。

結果曹家的人死得剩下病得吃不下飯的太爺，和鎖著不給吃飯的四姑娘。

一場破家的官司，差點就讓這一老一小也跟著死絕。但老太爺和三姨娘都是善心人，待下寬厚，真有幾個忠僕出來頂死喊冤，被打得動不得的奶娘爬著哭訴，縣令夫人都聽得哭了，內中求情。縣令也知道鬧得大，不敢做得太絕，又見老的老、小的小，都病得只剩一口氣，該抄沒的鋪子、金銀和田地也夠了，就捨了兩處破莊子給那一老一小存身。

還是縣令夫人看不過眼，暗暗使了大夫去看病，銀子都是她支吾的，又偷偷送了柴米讓那老小度口。

這幾個忠僕也捨命護著，但太爺經了這樣的巨變，沒活好久。臨終眼前只有個瘦脫了形的孫女兒在，不禁淚流滿面。

別說他難過，我更難過。好不容易接受穿越這個爛事實，唯一的親人卻命在旦夕。這若是夢，就趕緊醒吧。我最怕這種生離死別了。

大概是看我魂不守舍，可憐的老人家，還不知道裡頭的靈魂已經偷樑換柱，滿臉的心痛。強撐著一口氣，轉頭囑咐了跟他一輩子的老家人，「曹家就剩這根獨苗了，說是女孩兒，畢竟還姓曹，多少看待著些吧……」

本來還自顧自的想自己的心事，聽了這話，我心底跟針扎的一樣。雖說不是真的祖父，但穿過來的這段時間，這中風的老人到這關節眼上，想的還是我這假孫女。人心又不是鐵打的，怎麼可能不動容？我吃力的虛晃著過去握住了老人的手，眼淚撲簌簌的掉。

太爺嘆息，卻沒撐多久，不等日落就去了。

以前雖然太爺病著，但裡外都是他強撐著主持。現在居然就去了，我這個穿過來的假小姐整個傻了，想著要不要也抹脖子，看能不能穿回現代去。

誰知道奶娘像是知道我的打算，跟前跟後，哭著說四姑娘若去了，這一百多人口靠誰好……我才知道原來這兩處破莊子還養活這麼多人口。

真沒想到，我穿越前運氣就爛到爆炸，連統一發票都沒中過一張；穿越後更淒慘，竟是面對如此巨大的爛攤子，所謂求生不得、求死不能。

而且，我這「四姑娘」之前大字不識，大門不出、二門不邁，時年剛好十一歲。

一個孤女孩兒，一百多口性命，這個擔子怎麼扛啊……

第二章

為了這事兒，我沒少哭過。

不過人真的潛能無限，逼到絕境就會生辦法出來了。別說我的文史都很破爛，這個莫名其妙的時代，來了什麼歷史通也束手無策。何況要我剽竊詩詞也千難萬難……畢竟我穿前是農學院出身的。我唯一會背的是「床前明月光」，而且還背不全。許多詩還是來這時代窮極無聊背的，妳說可以呼嚨誰？

更淒慘一點的是，雖然是農學院，卻是混出來的。而這明朝農業又沒學長幫忙，也沒學弟奴役，讓我這個實習也不沾陽春水的農學生傻眼。

若不是甘藷、芋頭這種粗糧提早在這年代出現，真的會跟佃戶們一起餓死。這就是我唯一的優勢，但也靠這不怎麼靠得住的優勢，我站穩了腳跟，養活了幾百個人，當起一方小小地主。

穿越前，我本來就是個即將奔三十的宅女。生活穩定以後，我也就懶散下來。看看書，發發呆，管管家，悶了騎驢子外出逛逛……反正我是商家女出身，禮教對我這樣身分的女子是鬆弛很多的。

「四姑娘，飯時了。」嬌軟的聲音喚醒了我，我抬頭看，一張笑盈盈的圓臉。這是奶娘替我買的丫環，叫小英。

日子好過了，那些忠誠的老僕卻一一過世，讓我感傷好一陣子。現在只剩下多病的奶娘和日益衰老的曹管家。

到現在，我還搞不太清楚什麼主僕之義，我是真心把這兩個老人家當親人的。日子一好過些，我就作主各買了三個丫頭照顧他們，希望他們頤養天年。

我想，輪個三班制，早晚有人看顧也好。難得有當地主的威風，乾脆請了個孫大夫在家駐診，閒暇時還可以給佃戶們看病，完全的物超所值。

奶娘和曹管家應該是很開心吧？但見了我還是堅持要跪，真是傷透腦筋。奶娘更是好說歹說，硬塞了個丫頭給我，還對我起這樣平庸的名字很不滿。

我沒敢提的是，這名字是丫頭原本的名字。我畢竟是二十一世紀的人，雖然隨波逐流，尊重人權這種觀念已經根深柢固，實在沒辦法把人看成貓兒狗兒，隨意的亂改人家爹媽取的名字。

別跟我說那些所謂大師的神棍，我從來不認為他們是正常人類。

小英擺上了飯，正要喚她坐下來，輕輕的傳來敲門聲。

雖然別人都說曹家恢復元氣，把我讚了又讚。其實我很清楚，只是沒餓死而已，跟別人高門大戶相差不知道幾億里，所以過得很小門小戶，我自己也守不了什麼嚴苛的規矩。

我雖然把當年被查封的舊宅買回來，倒是把大部分的院子都租賃出去了，只留主屋和祠堂。一家大小不到二十個人，連主屋的三進院子都住不滿。

我自己更是住在旁邊一間耳房，屋淺院短，沒什麼通報不通報的，想來找我敲門就是了。

「哪位？請進。」我高聲。

進來的是我的侍衛周顧。他摘下斗笠，半張充滿傷疤和火痕的臉孔抬起，小英馬上有點不自在。

其實我這種小門小戶的姑娘，身邊收個侍衛實在不合禮數。但這年代，商人的地位很低，我又是個孤女。不欺負我該欺負誰？明奪暗搶，偷矇拐騙，真是十八般武藝都使盡了。

大部分的時候，我還能在曹管家的幫助下，把縣令上下都打點好，不過是破費罷了……只要上下含佃戶幾百口能吃得飽、穿得暖，錢財也沒什麼重要性——當年我都捨得把太爺留給我的嫁妝賣了抗旱澇了——但什麼時代都有貪婪可怕的傢伙，即使明朝也不例外。

有回我跟曹管家騎驢子去縣城談生意，想買個糧食鋪子，來個產銷一體。剛敲定，人才走出鋪子哪，黃尚書家的管家，想來個人財兩得，造成既成事實，讓我這個活像營養不良的黃酸小孩親自體驗被搶親的滋味……

幸好周顧去縣城幫孫大夫買藥材經過，把那群無賴潑皮打跑了，還寫了封信委婉的跟黃尚書告狀。年老致仕的官油子果然通達事理，哪容得刁奴在外賺外快？不但撤了黃管家的職務，還遣人來道歉，面子裡子都給足了。

我呢，只能戰戰兢兢的在「交際費」上頭忍痛再出一筆，逢年過節也打點到黃尚書那兒去。但這次的事故卻讓兩個老人家嚇破了膽，求周顧當我侍衛，卻沒勸我別往外跑。

實在也是沒法子。曹家就剩我一個孤鬼兒，不是家主也家主了。曹管家不說年紀大，許多時候也礙於身分，我不出面是不行的。

我想周顧是被求得沒辦法，才願意來當我侍衛。

到今天，我也還不知道周顧的來歷。兩年前，好不容易賣了嫁妝，穩住了陣腳，外面鬧大旱，我的兩個莊子不但沒跟別人一樣逃荒，粗糧還有所出，勉強敷衍上下幾百口沒餓死人，也沒讓官府救濟。

因為我名下的兩個莊子都是有名的薄田窮村，也不打眼。只有些佃戶的親故知道我們這裡餓不死人，跑來投親靠友。不是太離譜的我也睜隻眼閉隻眼。

那時，孫大夫已經在我家裡養了半年多。遇到這種天災，我心底也難過，既然不能公開救濟，我就請他去掛義診，所費帳上支就是了。

周顧就是那段時間來的。他一身是血的走入村子裡，孫大夫跳了起來，還以為他是痲瘋症……外貌上是有些像，爛了半張臉，兩個腳趾斷了，雙手十指鮮血淋漓。

剛好我過去村子巡視，勸孫大夫幫他看看，力言痲瘋症不會傳染，孫大夫才幫他看了。

當然不是痲瘋症。孫大夫神秘兮兮的跟我說，應該是「刑餘之人」。

「是太監？」我莫名其妙的問。

孫大夫臉整個都紅了，大咳一聲，「……不是。」

後來我才明白，原來孫大夫擔心這個病人是在大牢裡用了酷刑，怕是有罪的，會惹麻煩。

我倒不覺得怎麼樣。我還沒聽說哪裡有逃犯，最少沒看到告示。能熬完酷刑走出大牢，可見就是無辜的了，最少也在法律上償還了罪惡。既然法律都願意給他機會了，為什麼我不給？

我對流民的態度就是這樣。能醫病的就醫病，餓的就給點吃的，十日為限。願意留下我就派去幫著墾荒，有手藝看能薦到什麼地方去或留在莊子裡。吃不了苦的、想家的，我也會給點盤纏讓他們離開。

我是女人嘛，總有點婦人之仁。與人為善，在能力範圍內，何樂不為。事實上這年代的人重土安遷，流民其實不多，我也沒花費很多金錢心力。

不知道周顧是怎麼想的，總之，他留了下來。傷癒後，發現他識字，我請他當帳房先生，他也做得不錯，帳做得明明白白、一絲不苟，雖然有點心不在焉。

要不是遇到搶親事件，還真沒人知道這位毀了容貌、看起來文氣的青年居然有一身好功夫。

但他臉上的傷疤實在太猙獰，家裡的小丫頭都很害怕，也沒人願在他跟前服侍。這年代的人還很相信鬼神，覺得會弄到毀容一定是前世不修、德行有缺。

當然，我不以為然。相處了快兩年，我發現周顧是個多才多藝的人，背後一定有著非常曲折的故事。但既然他不想講，我也不想問。這樣文武雙全的好青年願意來當我的護衛，簡直是大材小用，我對他是很尊重的。

但他的態度一向都是淡淡的、不卑不亢。這點讓我非常欣賞。

「四姑娘。」他微微一笑，雖然只有半邊，眼神卻很清澈，「帳收上來了，我已經交到帳房。」他遞過了一張條子。

雖說是我的侍衛，但也只跟著出門而已。因為他身手好，這幾年遠近收帳幾乎都是他出去收的。咱們家小，一個人得當好幾個人用。他也不抱怨，還笑著說過自己太清閒。

我接過了條子，讓小英收起來，日後好對帳。「周先生吃過沒有？」我問。

「我到廚下討碗飯吃就是了，還能短得了我的嗎？」周顧語氣輕鬆的拿起斗笠。

「坐下吃吧。這麼多菜，我吃得完？」廚娘也是有些怕他的，哪能有什麼好聲氣。「小英，妳也去吃飯吧。」我知道周顧來了，小英會一臉厭惡的吃不下，「吃過飯再來服侍。」

他也沒再推辭，笑笑的坐下，無視小英瞪他的那個白眼。

我對她們這些重視外貌的小女孩兒實在受不了。

把燒雞端到他面前。這些年，我吃慣了青菜豆腐。穿前減肥快減出神經病，視肥肉若仇寇。沒想到都穿過來了，我還是不喜歡葷食，有個雞蛋就覺得夠了，常被小英笑是小姐命、丫頭身。

「四姑娘也食些肉，」周顧勸著，「不要吃得太素淡。」

「營養很均衡的，放心。頓頓白米飯雞子兒的，外面還有人稀粥都吃不上呢。」我嘆了口氣。

今秋豐年，卻穀賤傷農，而且徭役苛稅更多，比歉收時還慘。咱們這個縣令，號稱「上窮碧落下黃泉」，刮地皮是專家級的。

「四姑娘先天下之憂而憂，後天下之樂而樂啊。」周顧笑著，「明明還是沒幾歲的小姑娘。」

「你乾脆說聲婦人之仁就完了。」我遮掩著，火速轉移話題，「李莊頭說新墾的荒地要開條水渠，我想去看看，下午你有空不？」

「四姑娘說得好笑了，我是妳的侍衛，自然是該跟著去的。」周顧輕笑，破碎的臉卻泛著溫潤的光。

他的右臉應該是烤壞的，幸好眼睛沒事。但他完好的左臉卻很清秀，瞧他氣度風姿，又叫了這樣的名字，實在是令人惋惜。

「周先生，你也在我家兩年了。」我小心的問，「實在對你很屈才。」

「劫餘之人，是四姑娘收留，不然命早就沒了。」他淡淡的。

「別這麼說。這兩年蒙你關照教導，說起來有半師之分。」我那手可怕的字就是讓他矯正過來的，「我聽說，你剛過二十八歲的生日？」

「也將而立之年。」他微偏著頭，「四姑娘，妳到底想說什麼？」

我覺得有點狼狽。若不是奶娘天天嘮叨，我又聽到一點風言風語，說什麼也不該我來開這個口。說起來，我真的很喜歡周顧，跟他談天是我唯一的樂趣。我不希望什麼流言鬧得他待不下去，我會非常傷心的。

硬著頭皮，我說，「那……周先生是否有意娶房妻室？所謂不孝有三、無後為大。傳宗接代是必要的嘛……」

他瞪著我，傷疤紅得幾乎要出血，眼神很奇怪。我先是大惑不解，之後才想到，我今年十四……肉身十四。也是談親事的年紀……我自己談就觸犯了禮教的底線。

但我並不是想觸犯什麼鬼底線。

大咳了幾聲，我尷尬得想鑽到桌子底下，「……我是說，您這樣的讀書人，要討房妻室是不難的。咱們隔河的趙家，您是知道的吧？他們雖然不富，但耕讀傳家，姑娘也是知書達禮的。只是為了侍奉父母誤了婚期……但也正當二八年華。如果您願意……」

「我不願意。」周顧輕輕的說，語氣很溫和，又莞爾一笑，「四姑娘，妳的婚事都還沒談哪，就急著當冰人？」

這下我的臉可紅到發燙了。心底急，卻不能說。以前年紀小，還沒什麼。但這年代的十四歲蘿莉就要準備給人摧殘了，跑來談親事的人快踏破曹家的門檻。

當然不是因為我國色天香、傾國傾城。主要是我有份不錯的嫁妝，又無父母兄長，據說頗能理財理家，看起來一舉數得而已。但我很有自知之明，我這樣散漫的人嫁到禮數森嚴的婆家，不出十天就被休回去……何必這麼麻煩。

大概是拒絕得太多，就有些謠言跑出來了。有人說，我會收留周顧，就是要將他招贅。也有人說，周顧會賴在曹家不走，就是覬覦這份家產，來個人財兩得。

……這樣中傷一個純潔的蘿莉是不道德的。

掙扎了一會兒，我憋不住，嘆了氣，「我是不嫁人的。」

「為什麼？」周顧打趣我，「傳宗接代可是大事兒。」

我悶了。他居然拿我的話堵我。想想奶娘的嘮叨，小丫頭們的碎嘴和憤慨，我心底也騰騰騰的上火了。

嫁什麼嫁？穿越前就不屑嫁，穿越後才幾歲，就得考慮這問題？又不是養不活自己，為什麼要去給男人糟蹋？我穿越前的家庭很是離奇荒唐，我真看夠了男人的狼心狗肺和女人的白癡弱智。

這年代的男人狼心狗肺還有禮教道德撐腰呢，我又不是智障。

我賭氣不講話，低頭扒飯。周顧卻一反常態，不斷追問。我從來不知道他會這麼煩。

一口氣湧上來，我正色說，「要嫁人呢，也不是不行。只是要娶我的人，必須出則將，入則相。天下太平，則不求聞達而悠然山野；天下紛亂，則慨然千萬人吾往矣，舍我其誰。不以物喜，不以己悲……只是這樣文武全才、胸懷廣闊的人幹嘛娶我？所以還是省事的好。」

發洩得痛快了，我安然舀了湯喝，沒去瞧周顧是不是被我雷翻。

我真的很懶得裝嬌羞，雖然這樣大剌剌會被人說不知羞恥。但我真的很煩了……除非達到這種高標準，不然我真沒必要去委屈自己。

想想這年代的男人三妻四妾，非常薄倖。真能高潔到這種程度，我才願意勉強自己受那些後院的複雜黑暗。

但周顧卻在笑。

我疑惑的看他，他卻笑著吃完飯，還幫著把碗碟放到食盒裡。

「四姑娘，」他終於說話了，「我老覺得妳胸中自有丘壑，治家如治州縣。原本也是那樣的男子才配得上妳。」

沒好氣的瞪他一眼，「可惜，這樣的人選，只有三個。」

「哦？」他頗感興趣的看著我。

「一個已經死了，一個還沒出生。還有一個呢……可能兒孫滿堂，行將就木。」我臉不紅氣不喘的唬爛。

看起來效果很好，他笑得東倒西歪的走出去，手底提著食盒。

跨過門檻，他回頭輕笑，「四姑娘，周某不是矯情。只是婚姻大事雖說父母之命、媒妁之言，但我父母雙亡，妻子就會是我唯一的親人。若不是志趣相投、彼此知心，我也不想為了子嗣而成親。」他走出去，關上門前又添了句，「妳放心吧，謠言止於智者。」

我聽呆了過去。

他的意思是……他也聽過那些流言？老天……

下午出門的時候，我很不自在。

但周顧還是那副死樣子，雲淡風清，像是中午沒跟我吃過飯，也不知道任何流言。這傢伙……該不會很能裝吧？

心底隱隱約約的不安，我轉頭瞥了好幾次跟在驢子旁邊的周顧。

「四姑娘，」周顧看了我一眼，「妳什麼心事都擺在臉上。」

我沒好氣的別過頭，「因為我是個光明正大的人。」

他只是笑，等到了預定要開渠的地方，我聽了莊頭的計畫，周顧也不露痕跡的插話。我一直很信任專家，只要沒有太出格、違背常理，只要告訴我要花多少錢就行了。

這年代雖然沒有電腦、電視和電線桿，人心倒是淳厚的。我不過收的田租比較少，比較不願意讓人餓死，這些佃戶就掏心掏肺的，免費出工出力，讓人感動又難過。

但這種年代，官府是個可怕的怪物。原本我想過要不要全面梳理一遍名下莊園的水利，卻被周顧阻止了。原來水利也是屬於官府的一部分，若是動靜太大，可能會惹上什麼「虛邀人心、意圖不軌」的罪名，真讓我驚出一身汗。

就像是天災時，就算有心為善，粥棚也未必能設，設了也不能規模太大。造橋鋪路是好事，但我也不能做太多。因為我是商家孤女，誰都能欺凌。不是我上下打點得好，曹管家和周顧替我出主意，暗示縣令別殺雞取卵，才能暫保平安。

不然只憑我抗荒有成，兩個小莊子過得這麼順當，就不知道被抄家幾百次了……能編派的理由還會少嗎？

到最後，只有新添荒地能開一條水渠灌溉，還沒任何出產，就得準備納稅和賄賂了。

大概是看我一臉憂鬱，周顧輕嘆口氣，低聲說，「四姑娘，妳已經比大半的官都好了……可惜妳是女孩子，也幸好妳是女孩子。」他默然一會兒，「田租妳還是漲一些吧。」

「家裡過得去，滿倉的糧食，為什麼要漲？」我很憤慨。這不是朱門酒肉臭，路有凍死骨麼？

「……妳名下的田產越來越多，產量又比別人多兩成。」周顧搖搖頭，

「佃戶搶破頭要來幫妳種田，這就得罪了其他莊子的人家……」

我沒吭聲。之前曹管家就憂心的跟我說過，但我很難接受。我名下的土地幾乎都是瘠田，我想破腦袋才靠農家肥和粗糧撐下去。土地兼併太嚴重，佃戶辛勞整年也不能溫飽，就會消極怠工。

於是就產生很反常的怪現象。明明土地兼併到一整個誇張的地步，但田地回復成荒地的卻越來越多。世族大戶的家主當然不可能自己管理莊園，只能交給下人管。但那種貴族家養出來的下人五穀不分，也只知道收租而已，對佃戶漠不關心。

於是形成惡性循環，管理不善，佃戶無心耕種，產量日益低下。世界上的事情都是簡單卻也不簡單的，種田也一樣。

但這些地主卻不去想問題出在哪，只知道把我這出頭鳥打下去，大家就齊頭式平等了。就像以前我一個同學說的，書都念到後脊背去了。

土地兼併既然已經是事實，當然就得從中找到最有利的管理方式。即使不能夠像二十一世紀使用耕耘機，但大量土地一起使用畜力和排犁大量翻土，拿農業當工業來操作，設計完整的工作流程，然後除了春耕秋收集合人力外，劃分土地作為佃戶的責任制……經過這樣的改善之後，我收的田租表面上成數少，但我賺的錢反而多，承受天災的能力反而更強。

「……我用心，而不是像他們把莊子當錢袋子而已。」我小聲的咕噥抱怨。

「妳若是男兒，我絕對不會讓妳這麼做。」周顧呼出一口氣，含蓄的說，「全天下只有一個人可以擁有百姓，視民如子。」

「那他就真的這麼做啊！」我不耐煩的頂回去。

「四姑娘！」周顧厲聲。

我閉上嘴，覺得很煩、很悲哀。我來自一個人身保證安全的社會，最大的人禍是車禍。以前我會抱怨社會黑暗，但來到這裡，我才知道，以前我根本不曉得何謂「社會黑暗」。

人命這樣廉價，朝不保夕。連看不過去想做點善事讓自己心安，都動彈不得。

「我知道了，對不起。」我憂鬱的說，「別人想怎麼樣就怎麼樣吧，哪兒禁得住？我說他們怎不找個專業的經理人代管？反正他們別說插秧，連秧長什麼樣子都不知道……」

「經理人？」周顧愣了一下。

慘了。

硬著頭皮，「經濟調理的人咩。其實這些高門大戶管莊子的，主人賺一分，他們要賺半分，養了一堆死要錢的奴才，只是白苛刻了佃戶。還不如讓我管呢……大家都好。佃戶有飯吃，高門錢袋子飽，造成雙贏的局面。」

他深深的看我一眼，我被他看得發毛。

「交到妳手上，可能麼？」他看似不經意的問。

「咱們這兩個破莊子我都整得起來了，膏腴良田還不成？」我瞪了眼，「規矩章程都整理出來了，只是略修改就能行。」我想了想，稍微盤算一下，覺得還不算很難。反正閒著也是閒著，話本子我也看膩了。

「可惜田地沒有『二房東』這一說。」我半開玩笑的說，「不然我就把這些地主的田都租來打理……省得別人天天眼紅。」

他張大了眼睛，「……我且想想。」

這件事情我很快就丟開了。想有什麼用？這事情不用問也知道太出格，誰會肯呢？回去以後周顧也沒再提，卻提議要教我鼓琴。

「……我又不是世家小姐。」我狐疑的看著他。

「四姑娘，妳不是說，閒著也是閒著嗎？」他溫文的笑，就很耐性的教了。

我學得很差，但他一副教學相長、樂在其中的模樣。

可能是，絕對是我想太多。每次我彈錯，周顧就會回頭輕聲指導，這讓我心底有種奇怪的不自在。

老是想起「曲有誤，周郎顧」的舊典。

我實在不敢想深下去了。沒想到周顧人模人樣的，居然有喜歡蘿莉這樣不良的嗜好。

也說不定是光源氏計畫的熱愛者，說不準。

希望是我誤會了。

不過他在教我彈琴的時候，我堅持在花園的亭子裡。直到冬天開始下雪，才被迫在花廳教學，我還特別把奶娘和曹管家請來聽我彈，很是折磨他們的耳朵。

不是我用小人之心度君子之腹，而是我真的很喜歡這個毀了半邊臉的謙謙君子，希望這段可貴的情誼能長些，別被他難以言之的癖好毀了。

畢竟這具蘿莉的身體裡，包著是個老宅女。這也算是內容物與包裝不合了。

第三章

過完年，我十五歲。

但剛過完元宵，我就和曹管家與奶娘大吵了一架。

說起來我們這樣相依為命，日子過得挺和美的。不管兩個老人家對我是基於僕對主的謙卑尊敬，還是對小輩的關懷溺愛，最少我都感到被尊重。

以前有人說我沒有真正的個性，乃是一面鏡子。別人待我是怎樣的，我就是怎樣的回報，一點差錯都沒有。雖然說得有點誇張，不過也算符合某些實情。不愧是我第一個合心合意的男朋友；可惜他有鴻鵠之志，我只是隻憤世嫉俗的小麻雀，不得不分手，說起來是穿前最大的遺憾。

也是這種破個性，鬧得曹管家大怒，奶娘大哭。

其實，我也只是直言不想嫁而已。

我看周顧接受度很高，就有點疏忽了。事實證明，周顧是個劃時代的奇男子，我家老先生、老太太絕對不是。一聽我的允婚條件和「嫁人無用論」，這兩個老人家差點齊齊中風。

奶娘在祠堂哭著長跪不起，曹管家指著我大罵不孝。

我那鬼個性突然發作，也跟著哭罵著曹家大娘打算把我餓死，曹家無甚恩義到我，曹管家乾脆的昏倒了。

病人最大，我只能灰溜溜的偃兵息鼓，趕緊把孫大夫找來。

我非常非常的不開心，但也沒再說什麼。無計可施，只有一個字：拖。

反正我不點頭，他們又不能把我逼上花轎。誰來說親我都淡淡的說再看看，這一看就是一年半載，就是不鬆口說好。

曹管家把我逼急了，我就會說，「可你看那些個二世祖，只會吃喝玩樂，哪個配得上我？」

隨州縣城是小地方，跟我身分相配、年紀相當的，的確沒幾個好貨。再說我能振起曹家產業，曹管家不禁對我高看許多。他也是吃軟不吃硬的人，我不離經叛道的滿口子亂跑馬，以理相爭，他也默認了。只是心底鬱鬱，沒多久就病倒了。

他這一病，我整個焦慮起來，哪裡有辦法自己窩在房裡充小姐。都幾年了你說，是這些老人家救了我性命，愛我護我，比親人還親。叫我在屋裡睡覺，還不如讓我在病床前端茶倒水心還安些。

雖說只是個老家奴，但說真話，他還是家裡真能撐門戶的男人。他一病倒，家裡就遭了小偷。若不是周顧在院子裡住著，揪住了小偷……真沒想到是租我們西院子的吳家浪蕩子。

我感覺很可怕，真的是小偷麼？怎麼這世界的女人這麼命苦，連人身安全都這麼岌岌可危。

曹管家盯著我很久，又把周顧叫進去講話。沒多久，曹管家就跟我說，他年紀大了，需要休養，但曹家也不能沒人主意，要請周顧來管事。

我整個傻掉。本來以為奶娘會反對，沒想到她反而安慰我，跟我說，「周小郎雖然燒了半邊臉，卻是個讀書人，人也實誠……」沒完沒了，比媒婆的花花嘴還來得。

但我不開心，非常不開心。

我喜歡周顧沒錯，但不是那種喜歡。男人這種東西，當朋友極好，一旦上過床，就整個產生質變，像是被異形入侵。就因我清醒的知道，所以分外戒備。我很欣賞周顧，他若討了老婆，我一定會厚著臉皮去當周娘子的閨中密友，硬在他家吃白飯當老姑婆，陪他老婆罵周顧，心情好還會幫帶孩子。

但我絕對不會嫁給周顧，好引起異形類的巨大質變……更不想他因為報恩或者蘿莉癖而娶我。

前者會因為壓抑過度而反彈，導致薄倖的最高級；後者則是沒有蘿莉不會長大，一旦長大又得看他去摧殘其他可憐蘿莉，我心生不忍。

但我不能對老人家發脾氣，只好使臉色給周顧看。

只是我真恨讀書人什麼養氣功夫，不管我怎麼甩臉子，他都泰山崩於前不改其色，反倒是我快活活氣死。

「四姑娘，」他已經跟高家洽談好「二租田」的事情，正在跟我回報時，突然天外飛來一筆，「妳的心思不用揣測，看臉就知道了。」

我發誓我的臉一定綠如油菜。

「你為什麼不拒絕？」我終於勃然大怒了。

「拒絕什麼？」他一臉淡漠的收拾著桌子上散著的契約。「四姑娘，這些合同妳最好再看一回，有些什麼我們再研究……」

「別裝了！再裝就不像了！」我只想翻桌，但那桌子是梨心木，重個賊死，我翻不動。

他終於放下那種淡定的氣度，很認真的看我，「四姑娘，周某不才，卻無意當贅婿。」他轉開臉，完好的那面眼簾低垂，噙著隱隱的笑意，「再說，妳這份嫁妝只有表面好看，賺的錢都讓妳拿去花在莊子上了……圖個溫飽而已，也大富大貴不起來。」

……敢情你還嫌嫁妝少就對了!?

「很好！」我沒好氣地大吼，自己倒了杯茶消火。

「但曹管家和奶娘忠肝義膽，庇護幼主，周某非常敬佩。」他嚴肅起來，「四姑娘，與其和他們硬頸，何不稍讓幾步？」他沉默了一會兒，「他們……也沒幾年好光景了。」

我沒講話，心底只是揪得緊緊的。

曹管家比太爺的年紀都還大，終年病痛，一日不如一日了。奶娘在曹四兒被關到柴房時落下的那頓打，早就打壞了，這些年驚恐焦慮，也將油盡燈枯。我怎麼會不明白？真不明白，就不會日夜三班的派人看護，連醫生都請進來吃閒飯。

只覺悲從中來，抬頭卻看到周顧盯著我，滿眼哀憫。

我不太自然的咳了一聲，倒了杯茶，推給他。悶悶的說，「請周先生費心了。」

接過了茶，他遲疑了一下，「四姑娘，其實……若有好人家，還是嫁了的好。」頓了頓，「四姑娘不似稚女……」

腦門轟的一聲，我只覺得後背一片冷汗。

他睇了我一眼，「行事胸懷也法度森嚴，無數男子皆不如妳。周某不知道四姑娘到底想做什麼，但若妳想做任何大事，還是得依附在夫家方能行……」

「我沒想做什麼大事。」我打斷他，這傢伙到底是不是看出什麼來？「我只希望，跟我有關的人，吃得飽、穿得暖，不要賣兒賣女。依著曹家，上下數百口性命，這麼重的擔子，我夜裡睡著都會驚醒。我只是……只是……」

想想真是偽善。說我心懷慈悲真是大笑話……只是我出身的家庭太混亂，不知親情為何物。而我對這個世界一直沒有實感，仍然看成一場大夢。既然是夢，我就想依我心意。我想眼睛看到的地方沒有愁雲慘霧。

「我只是想求心安。」我很沮喪。不管是二十一世紀還是十五世紀，「想當好人」這個願望聽起來都像傻瓜。

周顧握著那杯冷茶，看不出他的表情。畢竟他有半張臉都覆在厚厚的、扭曲的傷疤後面。

一飲而盡，他站起來，「四姑娘，妳這樣的願望，讓周某自慚形穢。」然後很鄭重的一揖到地。

他走了很久，我還在發呆。

周顧是什麼意思？他是說反話？還是在嘲笑我？我怎麼想都不明白。

但想不明白也罷了，我這人最不愛糾結。倒是和我田地相鄰的高家，和周顧洽談幾次，合同討價還價一番，將名下的田二租給我。

其實當中獲利甚薄，甚至有個天災人禍，還可能會賠錢。但他家的田地與我家不同，多半位於水邊，土地肥沃，能管到入不敷出、天怒人怨，也是很不簡單的事情。不過高家主要是賣私鹽的，也無心管理，又為佃戶抗租頭疼，乾脆都扔給我。

原本以為承租下來會有麻煩，沒想到「好事不出門，壞事傳千里」的定律失靈了。我騎著小驢才進莊子，佃戶們租也不抗了，莊頭對我淌眼抹淚的訴艱苦。我扮白臉，周顧扮黑臉，管理權和平轉移，我用二十擔蕃薯籤買到一莊子的忠心。

都是一些好人。我心裡很感慨。有口飯吃，就願意賣勞力。雖說我自己莊子的人住得也不怎麼樣，還是土坯屋居多。但到底前後庭院，養雞養鴨，田種得好、產量高的人家，還有我託管的牛馬，日子很過得去。

高家這些佃戶，真是讓人看著眼眶紅。住著草棚子，爛屋破瓦，幾乎衣不蔽體。聽說冬天還餓死了十幾個人。高家未必不聞問，只是上下阻隔，中間那些該死的奴才真該打殺。

我管上高家莊子，第一年小賠。主要賠的是我支應過去讓他們撐過青黃不接的粗糧和蕃薯籤，都是壓倉的庫存，也不算什麼。看他們吃蕃薯頭（甘藷）配蕃薯尾（蕃薯葉），我真想哭。但他們吃得那麼高興，就只是不會餓死，用不著賣兒女而已。

但我也忙得高興。草棚子也翻了土坯屋，學會喝開水也讓衛生條件好些了，沒那麼容易病死人。整天心思都撲在自己的產業，我也沒空胡思亂想，每天的日子都過得有滋有味。

等我回過神來，除了高家，還有幾家地主都把田託在我手底。我還沒怎麼搞清楚，隨州十分之一的土地已經在我的管理之下了。

這個事實把我嚇到了，隱隱感到一點不對頭。

思前想後，才發現我們的「周總管」太能幹。

不翻不知道，一翻嚇一跳。不知不覺中，周顧用一種冷水煮青蛙的方式，悄悄的參與，並且主導我那荒唐的田地二房東計畫。幾乎都是他出面洽談二租田相關事宜和合同，我只最後拍定而已。

漸漸的，我發現他的色彩越來越重，不管是多荒唐的點子（對這時代而言），只要他覺得是有利的，就會自動冒出一套套連環相扣的縝密計畫。翦除違背風俗道德的離經叛道，用一種比較委婉的方式達到我要的目的。

這倒不是最令人驚異的地方。讓我瞠目的是，他的方式溫和、不動聲色，甚至話也不多。但一出口就敲在致命的那一點，相當的謀定而後動。跟商賈，他能暢談物暢其流；跟文人，他能出口成章，詩文酬答。

讓我摸不著頭腦的是，他居然搭線到軍屯去……那個打過仗的老千戶，他也能拿行軍布陣呼嚨那些軍漢。

最讓我臉孔扭曲忍笑的是，他甚至搭上了縣城號稱第一的老鴇，拿下她的百畝良田。應酬得那些青樓姑娘另眼看待，我跟他去縣城經過的時候……滿樓紅袖招。

如果周顧要害我，我還真的沒還手餘地。這也是我第一次，對周顧的出身感到好奇。

但好奇歸好奇，我還是沒問，說不定很恐怖呢。反正眼下管理這麼大片的莊園，我也很忙。更重要的是，這些地主三教九流，倒是分攤了原本的敵意，很有賓主盡歡的味道。而且我成天在外拋頭露面，年紀一年年的大了，我跟周顧的謠言越傳越嚴重，媒人也漸漸的少了，我樂得清心。

我的目的達到了就好。

而且，周顧在等我問，我就是不想讓他如意。我猜啊，他一定看出什麼不對勁的地方，用他那種獨特的冷處理在試探。但我這人最懶得花心思，而且呢……面對曲折隱約的試探，最好的方法是堂堂正正的面對。

兵者，詭道也。這我很小的時候就知道了。凡戰者，以正合，以奇勝。但人際關係不是勝負這麼簡單的。

我出生在一個據稱為豪富的家庭，也可以自稱千金小姐了。但在二十一世紀那種一夫一妻制的時代，我的母親卻不是正妻，而是個不太受寵的「細姨」。我那七老八十的父親，把他的四個妻妾們都放在同棟大樓裡，我常譏笑是為「蠱盆」。

當中發生的荒唐、污穢、淫亂，我連想到都覺得毛骨悚然。我的母親畏怯，父親專橫。即使我一年看不到父親幾次，我卻連搬出去的權力都沒有。

即使是對父母天生的摯愛，都能夠在無數挫磨中漸漸喪失到無感，這世間是沒有什麼永恆的。

也是在這種荒唐離奇的家庭中，我學會了當個三重苦人士，並且用堂堂正正的裝傻求生存。對付心機陰謀，最好的方式不是以子之矛，攻子之盾，而是以不變應萬變，以靜制動，不要隨著對方起舞。

我承認，用這套來對付周顧真的很不對，但輕鬆，而且理直氣壯。

十六歲那年，繃緊了一整年的心終於得到鬆弛。高家幾家的二租田交出了極為亮麗的成績單，證明我的想法沒有錯誤。這簡直是三贏：地主獲利提升，佃戶豐衣足食，我這專業管理人也賺進了一筆財富。

手上有錢，我就心癢起來，再次跟周顧提起「識字班」的創立。

早在前年我就想創識字班了，但周顧強烈反對。那時我手上的事情也多，忙昏了頭，也就沒有堅持。但是現在，我想應該是時候了。

「為什麼？」周顧耐性的問我，眼中還是有種研究的味道。「四姑娘，妳到底想做什麼？」

我真的沒想做什麼，只是不耐煩一遍遍的教人怎麼種粗糧、如何堆肥，宣講莊園制度和規矩。

「……這些只要寫成冊，讓莊頭去照本宣科就行了，我實在不想那麼累了。」我繼續爭取這個「說明書」，「而且如果識字，那麼咱們的人就不會被讀書人呼嚨，自己也能看懂官府告示，最少能夠自己看書信，不用別人代讀……」

他的眼神奇怪起來，「……妳要讓村裡的孩子去考秀才？」

「不是。」我不耐煩了，「讀書人有什麼好做的？空談誤國。你瞧縣令州牧都是親民官呢，幹些什麼好事了？真真不如我……我只希望他們能自己讀《三國》話本就好。能夠自己寫農業心得當然更好，種田也是很多學問的，這些學問流通範圍太小，又容易失傳，實在太可惜……」

我對這點有很深的感觸。雖然來自二十一世紀，我讀的又是農科。但除了知道粗糧抗荒的潛力，我還真的什麼都不知道。許多知識，還是天天騎驢出去逛逛出來的。

就算是農夫，也分三六九等。有那種非常聰明、經驗非常老道的老農，真的值得人尊敬。對於天時的預測，恐怕比官方的欽天監厲害好幾萬倍。我現在都不敢小看農民曆了。那是多少智慧的結晶啊！卻不受人重視，多令人感傷。

我興奮的哇啦哇啦半天，周顧的眼神卻越來越奇怪。「四姑娘，農官能由民間培養嗎？」

一下子我就洩氣了。「……那官方就拿出辦法來啊！」

周顧沉默的盯著我，我也瞪著他，滿心憤怨。

「好，我知道了。」他終於開口，扯出半個笑臉，「妳要自己能看話本的農夫，而不是要教養出讀書人。」

咦？雖說出入不大，但他似乎省略太多了……

不過他同意就好。說真話，我實在很欠缺自覺，總是不經意間就觸犯這個時代的底限。

但我沒想到他真的找了說書先生來當老師，並且將《三國》話本當課本，從中摘出生字。這讓我大為驚嚇。

這這……這不是中英對照讀本的精神嗎？周顧該不會也是穿過來的吧？

「穿？穿什麼？」他大惑不解，又露出那種濃重研究的表情。

我趕緊閉嘴，若無其事的喝茶。反正他提不出任何證據，正所謂死豬不怕開水燙。

見我不答言，他也就從善如流的轉了話題。之所以辦個識字班也這麼小心翼翼，實在是十年前薄麓書院的學生串聯拒考，抗議科舉不公，鬧出有史以來「朝廷抄書院」這種有辱斯文的事情，許多官員都被牽連，現在連啟蒙私塾都戰戰兢兢，唯恐被掃到颱風尾。

時間過了這麼久，創書院還是個禁忌的話題。

所以，周顧巧妙的迴避了「創學」的敏感性，直白的只注重「讀」的能力。

討論了一會兒，周顧冷不防的問，「四姑娘，妳叫什麼名字？」

「殷……」說出我穿前的姓，我才悚然驚醒。這傢伙真的太陰了，趁我最專注的時候攻其不備。「閨名不能隨便告訴人的。」

周顧輕笑，「妳是四姑娘，卻絕對不是曹四兒。」

我的手心，沁滿了汗。

所謂攻擊乃是最佳防禦，我很快的反擊，「那麼周先生，你真的是周顧嗎？」

他挑起左眉，「妳知道我的意思的。」

我也學他的表情，「你也知道我的意思的。」

對峙了一會兒，他先放鬆了表情。「顧是我的字。」

「半個字吧。」我頂回去，「哪有一個字的字。」

「沒錯。」他坦然承認，「我字子顧。」

「抱歉，我沒有字。」我咳了一聲，「識字班就這麼定了吧？」

「嗯，就這樣。」他眼光在我臉上轉了一圈，含著笑，「四姑娘，妳說過我倆有半師之緣，我替妳起一個字，就叫薜荔，如何？被薜荔兮帶女蘿。」

就算再遲鈍，我也知道這不是下對上的態度。雖然我也不喜歡那種主從禮節。雖然我書背得很慘，到底也知道這句是《楚辭．九歌》的〈山鬼〉。

皺緊了眉，「……謝謝賜字。」

我算是側面承認了他的猜測，但其他的也不會對他講。我怎麼講？說我的魂魄來自五百年後？別說他多麼超時代，要不他就去找大夫證明我發瘋了，要不就叫道士來收妖。

他又看了我一會兒，似不經意，又似開玩笑，「青要之山霜雪如舊？」

「天下山川多了去，又不是只有青要之山。」我頂回去。

「妳是因為脾氣的關係才被踢下來嗎？」他笑了。

老大，你誤會到哪去了？真把我當山妖？

「我不知道。」我很誠實的說。

但實話總是沒人相信的。

第四章

不管周顧怎麼誤會我，卻在無影無形中，我肩上的擔子悄悄的轉移，轉到他身上去了。說起來，比我厲害多了。到底我憑的是一時意氣，經驗和對這時代的了解非常淺薄。

而周顧滑溜的像條蛇。不管我的異想天開多麼奇怪和犯忌，他總是能夠迂迴蜿蜒的達到目的。

於是，在我十八歲，正式成為別人眼中的「老姑娘」時，的確我眼前看得到的地方，再也不見愁雲慘霧。

但所謂飽暖思淫欲，升米恩斗米仇。即使不求回報，難免還是會有人恩將仇報。

幸好我穿前就有過經驗，不然鐵定跟古人最愛生的病一樣，來個憂憤成疾。

自從我開始接手唯二的莊子時，我就和村子裡的老人擬定了一套「家規」。這個時代的司法系統人治的味道很重，非到不得已，沒人想見官訴訟。

這時候家族和仕紳的力量就很大了。但沒有土地的佃戶，和地主的關係有些曖昧，屬於半奴半雇傭的關係，反而凌駕於家族和仕紳的力量。所以地主的責任就更重了，可惜很少有地主仔細去正視這個部分。

大明律好大一本，我也背不全，也不可能讓所有的部屬了解。於是我和故老商量，定了一個簡明的家規，大抵上是戒殺戮、姦淫、竊盜等，輕的跪祠堂或土地廟，重的送官。

但送官是很少的，沒傷及人命的，乾脆趕出去，只要是我管理的莊子都不收留。

壞就壞在這裡。我不知道被趕出村子比去官府挨板子吃牢飯還嚴重，更招人怨恨。

我十八歲那年，出了一件大事。

一直以為非常純樸的佃戶，居然也有那種無恥的色狼。我才悚然發現，男人只要吃飽了肚子，邪惡的本性就會蔓延出來。

那天周顧去靠近陳州的莊子巡視，不在家裡。天才剛亮，莊頭就來拍門，又急又羞又氣，聽到周顧不在，躊躇了一會兒，轉身就走。

我硬把他喊住，問了又問。等他面紅耳赤、期期艾艾的透露了點口風，我的臉都變色了。

其實是很普通的強姦案。一個男人偷進了弟媳的房間，造成兩個女人的上吊，和一個家庭的破碎。

我覺得膝蓋很軟，心底發虛。歷史真的會不斷重演，不管是二十一世紀還是十五世紀。不過我的大嫂和二嫂沒有上吊，她們離婚以後，看了很久的心理醫生。

「……人呢？」我抓住門邊，省得跌倒出醜，「人還活著嗎？」

幸好救得快，兩個女人都沒死。但這個家就整個完了呢。

這是我第一次打佃戶板子，如果可能，我真想乾脆叫人打死。一面打，我一面在旁邊罵，罵他不忠不孝、不仁不義，罵他傷害自己的家人，破壞自己的家庭。

若不是那人的老母不斷哀求，打完我真的想直接送官算了。最後我把他趕出莊子，嚴令不准有莊子收留他。他的老母和老婆跟著他走了，連他的弟弟都休了老婆一起走，那個倒楣的女人，剪了頭髮當尼姑去了。

我生氣，非常生氣。或許是我錯了，佃戶就是佃戶，是我的員工，不是我的家人。我不該放入太多情感，為之痛心疾首，更不該覺得羞愧難當，覺得自己沒教好。

也許就是我太生氣了，所以很蠻橫的加了條家規，若再出種事情，整家都趕出去。

好不容易，我把自己的心情整理好，但周顧一回來就說，「薛荔，妳錯了。」

我跳起來，想破口大罵卻噎著出不了聲，只能顫著手指比著他。

「不說妳是女孩兒不該管這種事情，」他撥開我的手，皺緊了眉，「也不該把人趕出去。在妳手底還能捏著，看要怎麼處理都好。趕出去誰知道會出什麼亂子？」

我還以為我會氣到少年中風呢，只覺得眼前不斷發黑。終究還是強撐著，摔了帘子進屋生悶氣，好幾天不跟周顧講話。

沒錯，他考慮得很周詳。沒錯，我就是意氣用事。但我是女人，倒楣的女人！我會物傷其類、兔死狐悲！兩世為人，我就見過兩次同樣的破事，怎麼可能壓得住胸裡那口惡氣？不是力氣太小，我就自己奪了板子打！

我才不管有什麼後果！

結果惡果真的逼在眼前，我發現我一點都不害怕。

隔沒幾個月，官府的捕快把我鎖進大牢了。罪名是勾結山匪、逼良為娼、私設學院……洋洋灑灑幾十條大罪，應該斬立決才對。

出首投告的，正是那個連名字我都記不住的強暴犯。看到捕快時，我冷笑兩聲，伸手讓他們綁了，硬著心腸不去聽奶娘哀哭的叫喚。

不知道是周顧打點得好，還是縣令另有所求，我沒受刑，就是關著。女牢也沒那麼不堪，就是氣味難受些，食物不堪入口。就當作是減肥好了，又不是沒餓過。

主要是我非常憤怒，心底騰騰騰的不斷發火，連一頭撞死的心都有了。不管是十五世紀，還是二十一世紀，都是這樣污穢不堪，不值得活。比起牢房的骯髒，我更不能忍受這種黏附在精神上的污穢，巴不得一死洗之。

「……還沒氣完？」

我猛然轉頭，一身黑衣的周顧在牢房外看著我。「你怎麼來了？」我本以為他被允許來探監，但牢頭娘子沒陪他進來。

「我偷溜進來的。」他說得雲淡風清，端詳著我，傷疤嫣紅，「看起來沒吃什麼苦。」

我真的很想罵他。私闖大牢，這條罪夠他吃牢飯或流放個幾千里。但一開口，我就發現自己哭了。「……周顧，你代我照顧曹管家和奶娘就好，別再來了。」

他不回答我，「恩將仇報之徒，在所多有。」

我氣餒了，「我不是氣這個。」早八百年就知道了。所以施恩別望報，望報氣死人。我是求心安，又不是希望人報答。

「那是氣紅顏多薄命了。」他無奈的說。

這話更觸動我的心腸，我乾脆哇的一聲，放聲大哭。我什麼都可以不計較、不在乎。但我受不了這種髒，真的完全受不了。更受不了被這種髒人抹黑，這是侮辱我！

他開了牢門進來，淚眼模糊中，只見向來淡定的周顧更無奈，抽了手絹給我，我只管嗚咽，沒一會兒帕子就半溼了。

我也不知道自己說了什麼，雜七夾八的，我自己都不太懂。但周顧靜靜的聽，一言不發。

等我覺得氣出得差不多了，也哭得一點力氣也沒有。

他這才說，「別怕。妳只是代罪羔羊。有人在試水溫呢……王六只是被拿來當槍使。咱們這個糊塗縣令，想藉機趁火打劫。」他嘆了口氣，「這都不算大事……薛荔，妳覺得到縣城避難好，還是自家修寨子好？」

我猛然抬頭，有點吃不準。「為什麼？又沒要打仗……」我突然一窒，臉孔的血液褪得乾乾淨淨。

這幾年關中旱得一塌糊塗。我們這地處南陲的小地方也只聽到一點風聲而已，但也聽說了流民問題嚴重。流民就易生民變，我對官府又沒什麼信心。

「關中出事了？」我心頭一緊，「那為什麼是隨州……」

「搶遍地饑荒的鄉里有什麼用？」周顧笑了兩聲，聲音冷冷的，「隨州這幾年還勉強能過，偏遠又沒官兵駐守……蘇杭雖好，卻是重鎮。我要拉旗據嘯，也會選隨州。」

這下我明白了。這還真是個精巧的試金石。若是咱們縣令是個能吏，那些流竄的匪徒就會改選別地，反正隨州大得很。很可惜，這縣令只會上窮碧落下黃泉，出了流匪只會抱頭鼠竄。

隨州就屬安樂縣最富，不巧大半都是我管理的莊園。藉著這個緣故，他們想看看官府的態度，和我有沒有人撐腰……特別有沒有官兵撐腰。如果沒有的話，就剛好我為魚肉，他們就正好成為快意的刀俎。

我握緊拳頭，心底一陣陣發虛。

「寨子要修，但我們來不及。」我緩慢的說，「所以還是得做些準備，隨時準備逃到縣城。可能的話，還是跟流匪頭子周旋一下。這傢伙很縝密厲害，這種人是可以談的。我猜他是會撐著等招安，說服他別弄到殺雞取卵，他們應該是作長期盤據的打算……」

周顧突然按住我的手，「薛荔。」

我茫茫然的抬頭看他。

「妳為什麼……不乾脆的問我怎麼辦？」他面無表情的問。

我還專心的繞在流匪將來的事情上，好一會兒才聽懂他的意思。「靠山山倒，靠人人跑。」

他突然用力抓我的手，我這才痛醒過來。「你弄痛我了！」我想甩開，他卻只肯放鬆些，但又不講話，只是眼神冷得像冰塊。

我心情很壞，事情紛沓而至，情況又很糟糕。「你瞪我有什麼用？有什麼話就直接說出來，我不喜歡猜來猜去！」我真的炸了。

他沉默了好一會兒，突兀的問，「妳在意我燒壞半張臉？」

我勃然大怒，「周子顧，你是個神經病！」

他真的有病，罵他他反而高興多了。他又恢復雲淡風清那種死樣子，「我會打算好。妳安心待著。不出一個月，我就能把妳弄出來。」

……啊？既然他都打算好了，那他跑來幹嘛？

我這廂瞠目結舌，他反而淡淡的笑，撥了撥我的頭髮，仔細的掖到耳後，「我老忘了，妳年紀一直都很小。」

躲了一下沒躲掉，我狐疑的看著他。但這傢伙一臉光明坦蕩，我倒覺得是自己多心齷齪。「……我都十八了。」

「我大妳十四歲。」他心平氣和的說，「乖，聽話。別擔心。」

……他是怎麼了？剛溜進大牢的時候腦袋被打到腦震盪嗎？

「別再來了！」我對他喊，「萬一被抓到怎麼辦……」

他輕笑著擺手，把牢門鎖好，轉身出去。

等第二天牢頭娘子伸著懶腰來送飯，我謹慎的探問了下，她卻斥責我胡說八道，縣令早就下令不准探監了，昨夜當然也沒人來。

……那是幻覺？我整個糊塗了。

後來他又「溜」進來幾次，當著我的面點倒了牢頭娘子，我才知道原來真有「點穴」這門功夫。

「周子顧，你到底是誰?!」我聲音逼緊。

「妳終於問了呀……都幾年了。」他還是沒回答我的問題，「在別人面前不要喊我子顧，怕會惹來麻煩。」

我覺得全身的寒毛都豎立起來，很鴕鳥的不敢問下去。

「薛荔，妳有時候膽子奇大，有時候卻又膽小如鼠。」他居然還有心情嘲笑，「真害怕，不如直接跟官府告發如何？」

「……周子顧，你真的神經有毛病，而且毛病很大！」我真氣得哆嗦。

看我氣得要死，他卻笑得很歡，將食盒遞給我。「吃吧，妳瘦了一大圈了。」

一個月後，我真的被無罪釋放。糊裡糊塗的被抓，又糊裡糊塗的被放。至於那個誣告我的王六，卻因為勾結流匪、攀污良民，得了個秋後處斬的下場。

我覺得有點恍惚，覺得這個世道真是亂七八糟。回去被奶娘壓在床上養病……鬼才有什麼病，頂多瘦了些。

但隨州真的開始鬧流匪了，只是好像沒我什麼事情。借倒是來借過幾次糧，但沒真槍真刀的來搶。

只是，這是單指曹家產業。

因為周顧不肯讓我再出門，曹管家和奶娘也支持他，所以我只聽到一點點風聲而已。

但那也已經太可怕了。

也是我第一次，沒能自己掌握自己的命運。

這種感覺很奇怪，我並不覺得安心，反而覺得腳步虛浮，心底空蕩蕩的。當初穿過來就面臨一個破落得幾乎鬧饑荒的局面，我反而能振作起精神打點，鑽盡空子想辦法讓全家人活下去。

現在周顧什麼都打點得好好的，我反而畏縮害怕起來，覺得很不踏實。

我想我是很害怕的，比面對牢獄或死亡還怕。我也曾經全心全意相信過人，想把自己的一生交到某人的手上，結果卻無一例外的慘烈。不管是父母還是男朋友，我學會的就是……

唯一能夠倚賴的，就是自己的一雙手。

奶娘的期待、曹管家的期待，我很清楚。但我不是不相信周顧，而是我徹底不相信親密關係和婚姻。

不過，這是個女人似女蘿的年代，我很煩躁。周顧謎樣的身世，讓我更煩躁。

我總覺得，他在曹家，像是雞群裡的鳳凰，早晚是會飛走的。若我習慣依賴他，事情真真不堪設想。但在這種鬧流匪的歲月裡，我卻清楚明白了自己的無能為力。別說保住產業，能保住自己的命、家人的命，恐怕都不可得。

這種無力感讓我從煩躁轉到焦躁，必須很忍耐才不對周顧亂發脾氣。

「薛荔，妳到底在氣什麼？」周顧很不合禮儀的衝進我的房間，小英叫了起來。

「閉嘴。」我沒好氣的對她說，「下去。」

小英張了張嘴，她沒少嘀咕過，說什麼周顧不要臉想霸占曹家產業什麼的，不知道是誰在她耳邊亂嚼舌頭。只是搞得我更煩，現在還鬼叫個屁。

我瞪了她一眼，她抿緊嘴，轉瞪周顧，心不甘情不願的走出去。

不能對周顧亂發脾氣。我對自己警告了又警告。我是理智成熟的女人。

「……我不喜歡你取的字。」我盡量委婉平和的說。

他很自動的坐下，給自己倒了杯茶。「為什麼？哦，我懂了。」他一臉了悟，「妳不喜歡當女蘿。」

……他不知道女生很討厭金田一、柯南那種人嗎？算了，五百年後才有金田一和柯南，原諒他好了。

「你不該亂闖到我的房間。」我悶悶的說。

他深深的吸了口氣，語氣有種壓抑的怒火，「我記得有人說過，她不喜歡猜來猜去。坦白說，我也很不喜歡。四姑娘，妳到底在怕什麼？我什麼地方做錯了？還是什麼地方做得不夠周延？妳直接說吧！」

「你沒有錯，你做得很好……」我腦門一熱，「但我不能習慣，萬一你走了的時候怎麼辦?!」

他蹦的一聲站起來，嚇了我一大跳，後退了一步，他卻一個箭步抓住我的手臂，面無表情，但怒氣透過豔紅的燒傷，讓他的傷臉看起來更猙獰。

但真的嚇壞我的不是他的傷臉，而是他完好的臉那種銳利的殺氣。

「妳巴不得我走是不是?!」他怒吼起來，「兩次了！為什麼妳老要提到我會走這種事情？我就那麼不值得相信嗎?!」

我真怕胳臂會骨折……最少也擠出裂痕。他的力氣真是大得可怕。

但他這樣罕有的失控，我反而不怕了，湧起的，是濃濃的悲哀。其實，我的恐懼和他的憤怒，都很像。我不是對他恐懼，他也不是對我憤怒。

我們對焦的都是無法言及、不敢提起的過去。

「真的把我弄傷了，難過的還是你。」我冷靜的說，「現在我真的痛死了。」

他那種失焦的憤怒來時猛烈，去時迅速。他馬上鬆手，又捋起我的袖子看，被他握過的地方一片紅腫，「……我去叫孫大夫。」

「不用了！」我趕緊阻止他，「怎麼解釋呢？」嘗試的動了動，我想只有些瘀血而已，「拿藥酒推一推就好了。」

我找出藥酒，他卻接過去，幫我輕輕的推瘀血，懊悔不已的低聲道歉。

這時候我想不起男女之防，只覺得心底很是淒慘。

「你有過去，我也有過去。」我也低聲，「你不想提，我更不想提。我知道你不是真的對我生氣，我也不是針對你……」

他無言的推著瘀血，好一會兒我才發覺他指腹有著薄薄的繭，而我們，也靠得太近。

我尷尬的想抽回手肘，他呆了一下才鬆手，兩個都各退一步，不約而同的大喘一口氣。

相視了一會兒，忍不住笑了起來，破解了凝固的尷尬。

「……我想忘掉過去。」他終於平靜下來。

「我也想，」我苦澀的笑了一下，「但很難。」

我們又都陷入沉默中。我心底的悲哀越聚越濃郁，整個難過起來。若說我最傷心的是失去什麼，恐怕是我那純真的「相信」。

我沒辦法再去相信誰。我只能隔著心裡遙遠的距離，默默的對人好，接受別人的善意，卻不敢相信。

沒錯，我有病。而且還是絕症，治不好的。哪怕是兩世為人，還是痛苦不堪。

明明在這種情形下，我該跟周顧湊合，我也不是白癡，當時不清楚，事後哪能不知道周顧正在試圖和我湊合。他還有嘗試的勇氣，但我已經沒有了。

既然如此，就不該吊著他，不上不下的。

「子顧，」我哭著說，「我不是討厭你……只是，我已經沒辦法相信任何人了。你若是能忘記過去，就娶個老婆吧。」

我還以為他會生氣，沒想到他一片平靜。「因為我不能出將入相？」

我搖頭，只是摀著臉哭。「我、我不要嫁任何人……我、我害怕……」

他把我的手拉下來，直視我的眼睛，「妳討厭我？」

淚眼朦朧的，我啜泣的說，「一點都不……但、但不能我不嫁人，耽誤你……」

「那很好。」他居高臨下的摸了摸我的頭，「這樣很好。」他反而大大鬆了口氣。

瞪著他，我都忘了要哭。我還真不知道他是什麼意思。

之後他的態度更讓我摸不著頭緒。他在人前更恭謹，都喊我四姑娘。但人後他就隨意親暱多了，喊我薛荔。

雖然如此，但我們的關係倒是和緩多了，少了以前那種試探，多了幾分自在。只是外面的情形剛好相反，湧進了第一股流匪，就有第二股、第三股……

即使周顧盡了全力，但來「借糧」的流匪越來越多，也越來越失控，甚至傳來被官兵擊潰的大股流匪流竄而來的消息。他當機立斷，通知我名下的兩個莊子，集合佃戶、村勇領頭斷後，簇擁著老弱婦孺撤退到縣城。

我忙著清點輜重糧食，跟著迤邐的隊伍前進。幸好當初我很重視獸力耕種，寄養在佃戶家的牛馬不少，也讓逃難隊伍的速度增快很多。真是無心插柳柳成蔭。

就在我們全體進入縣城的第二天，打著八大王旗幟的流匪，洗劫附近鄉野後，圍了縣城。

讓我傻眼的是，駐守的千戶和縣令，在圍城第二天夜裡就偷開城門逃跑了。應該有千名的駐軍，清點下來只有一百多，空餉吃到這種地步。

周顧苦笑著跟我說，我呆呆的看著他。「怎麼辦？」我問。

他輕輕的笑，垂下眼簾。「薛荔，相信不？我上馬能治軍，下馬能治民。烏合之眾，不堪一擊。」

坦白說，我不相信。

但我很傻眼的，發現還真的守下來了……雖然只是第一天。

我並沒有看到戰況有多慘烈，只知道殺聲震天，輕重傷患川流不息。我帶著老弱婦孺撕麻布當繃帶，清洗傷口，煮藥煮飯，忙得整天足不沾地。畢竟我不可能去站在城頭，所以我不知道打得怎麼樣。

但是天色暗下來以後，雙方都鳴金收兵，周顧的表情是很滿意的。

坦白說，我還有點迷迷糊糊。周顧沒有功名在身，連最起碼的秀才都不是。安樂縣的官跑得只剩下一個年輕的主簿，他誓言與安樂縣共存亡讓我們很欣慰，但他卻信任的把兵權交到周顧的手上……一個白丁。

到現在我還沒搞懂周顧是怎麼辦到的。

更讓我搞不懂的是，周顧是什麼時候訓練我手下的村勇的？我真沒想到這些老實憨厚的農夫，拉弓會射箭，拿槍能守城。

「我跟妳說過要練民團呀。」周顧泰然自若，「妳忘了？那筆帳我跟妳支過。三年前的時候……」

「……我不知道什麼叫做練民團。」我尷尬的說，「我以為是大拜拜那種陣頭。」

他一臉忍俊不住，「我跟縣城買的弓，可是整齊的垛在倉裡。」

「我沒注意。」我覺得很沮喪。

我注意的永遠是佃戶的廚房有什麼，穿什麼，誰會去注意家裡有沒有弓箭刀槍？就算看到我也以為是打獵用的，我寧可關心底下的人有沒有營養均衡，有沒有攝取足量的蛋白質……植物蛋白質也好。

畢竟我是個婆婆媽媽的人。

「周顧……」我幫他包紮手臂上的箭傷，雖然不深，但還是挺嚇人的。

「嗯？」他回頭，「害怕嗎？別怕，守得住。這些流匪本是飢民，妳該瞧瞧他們拿些什麼破柴刀，也沒攻城器械。連雲梯都做不好呢……哎，攻城又不是靠人多就好。」

「我是不怕。有事情做就不怕……」說也奇怪，明明死了不少人，我卻不怎麼害怕。戰爭真是一種怪異的東西，像是所有的氣氛都變得熱烈瘋狂。我只注意能不能多救一個人，多煮一碗飯，完全專注在當下，面對死去的人我會覺得憂傷，但我比較關心還活著的人。

奇怪，為什麼我不會擔心周顧？好像我很篤定，他一定會活著回來。說不定，在本質上，我是個無情的人。

「走神了？」周顧伸手在我眼前晃晃，「行了。咱們還有多少糧草？井水有派人看著嗎？記得跟主簿大人要縣倉鑰匙。咱們自己帶來的糧食絕對是不夠的，尤其是箭枝需從縣倉出……」

「縣倉糧食大概被盜賣完了，不足百石。」我苦笑了一下，「好在咱們糧食鋪子在縣裡，黃尚書也邀縣裡的富商大戶一起捐了些。我算過，大約吃上十天沒問題。縣裡十個井我都派人看著，三班輪呢。不過縣倉的武器應該是夠的，有的還放到鏽爛了。那個我不太懂，晚點你要自己去看看……」

談了一會兒，他很滿意的點點頭，「當女孩兒實在可惜妳了……」他笑，「輜重官，我就將後方交給妳了。」

「你放心把後背交給我吧。」我點點頭。都料理了七年莊園，這點事情還難不倒我。這跟組織救災有點像，我在學校社團的時候參與過幾次。沒吃過豬肉也看過豬跑步吧？

但他卻定定的看我，眼神溫柔的讓我發慌。更反常的是，他伸手覆在我的臉旁。「辛苦了。就交給妳了。」

我愣住了，直到他站起來，我才狼狽的跟著爬起來。不要想不要想……

很可怕。「那個……周顧，」我趕緊把想問的話問出來，「你真的……一箭射殺流匪主將嗎？」

「那種毛賊配稱主將嗎？」他輕輕的笑，「勝之不武。只是情勢如此，沒奈何只能污了我的弓箭。」他大踏步走開。

……這麼多年了，我還真沒想到周顧夠會裝的，都沒瞧出他這麼囂張。

第五章

男人在前方打仗，我們這些老弱婦孺……也在打仗。守了三天，我就開始有點慌張了。物資用極快的速度消失，連繃帶都得回收再利用了。

我提議守城時使用滾燙的熱水，倒不是我很狠心。而是滾水可以飲用，可以讓我煮回收的繃帶，一種資源，多樣享受，多節省啊。這點子倒是讓周顧很讚賞，他甚至把使用過的污水集合起來煮開澆下去。流匪都想讓我們死了，還拿乾淨的白開水燙他？用不著那麼好心。

守到第五天，人死得多了，氣氛變得很低迷。縣城裡處處是哭聲，排班去收殮死難烈士的人，崩潰了不少個。最後我抽手去處理，粗糙的薄棺一口，火葬了事。不然怕會生疫病。

幸好我是個無情的人。因為我還鎮定，手底下的人就沒那麼慌張。但這個振興士氣的問題，我實在沒有辦法。

當天晚上，周顧帶著守城村勇引吭高歌。

先是唱了《詩經・秦風》的〈黃鳥〉，後來又唱了〈秦風〉的〈無衣〉，最後是〈滿江紅〉。

首先哀悼死難者，然後是安慰倖存者，最後是激勵全體士氣。我覺得這傢伙的心理學滿好的，雖然他不知道什麼是心理學。

最重要的是，他的聲音渾厚富磁性，像是可以震盪到靈魂裡。

我們守下了第六天。但援軍依舊不見蹤影。

年輕的主簿大人還沉得住氣，但縣裡的高門大戶就不成了。幾個士族家主聯合說服主簿大人，開城投降。

投降？我突然覺得很好笑。這些世家我可要記清楚，千萬不要跟他們做生意。你知道的，跟智商太低的人做生意，對心臟血管的健康有很嚴重的傷害。這時代的醫療水準又不太高，預防絕對重於治療。

主簿大人驚慌的來找周顧商量，他面容沉靜，疤痕連紅都沒紅一下。他說，「茲事體大，還是召集所有仕紳來討論吧。」

這位主簿大人方纔十九歲，也拿不出什麼主意。可憐的孩子，只能惟周顧馬首是瞻。

「……不能投降吧？」我小聲的問，「特別是這些往死裡奔的笨蛋。」

「哦？」他笑笑的看我，「怎麼說？」

「我若是流匪，進城一定先去搶那些士族。」我直白的說，「錢不但特別多，女人一定也特別漂亮。他們是頭殼壞掉了？開門歡迎人家來搶呢……白癡。」

他大笑起來，輕輕拍我的肩膀，「說得好。這些鳴鐘鼎食的少爺們，連妳的見識都遠遠不如。」他扯了扯我的袖子，「來看戲。妳也是曹家家主呢。」

結果這個腹黑的傢伙，會是開了，也讓所有人盡情的表達意見，但是那些主張投降的士族家主，讓他「請」到縣衙裡去，軟禁起來。

更可憐的是，主簿大人身為目前最高長官，被迫讓他拿著雞毛當令箭，恐嚇那些主張投降的士族，稍有異動，就做謀叛論，他們的家主就要獻出腦袋了。

……怎麼有人可以這麼陰險、黑成這個樣子。我真是感慨萬千。認識這麼多年了，我居然沒瞧出來……周顧真是個危險分子。

周顧很篤定的說，十日內賊兵必退，我還不相信呢。

但流匪真的退了個乾淨，留下滿地屍首的戰場時，我開始懷疑他是不是會算命，什麼梅花神算之類的。

賊兵一退，他就開始準備護送莊子的人回家，還先派人外出探路。

「說不定有詐。」我越來越沒安全感了。

「如果是河南軍或蒙古軍，我就會懷疑有詐。」他輕描淡寫，指揮若定，「還是妳想留下來等朝廷封賞呢？」

我趕緊搖頭。當然，守土有功，朝廷一定會有什麼表示。但周顧的身分還是黑的（雖然肚子也是黑的），我又是女的。誰知道他犯的罪該不該砍頭，就算將功抵過，也落個流放三千里；我更不該出面了，萬一哪個大官或皇帝腦門一熱，給我指婚什麼的，我不是自找牢坐？

他一邊聽我說邊笑，「考慮得很周詳。」卻笑得越發歡了。

但還是耽擱到第三天才走，和馳援的官軍差個前後腳。我們在城外不遠的舊宅被流匪燒了個精光。我一聽就變色了，周顧一看我神色不對，死都不讓我騎驢，陪著我和曹管家、奶娘搭馬車。

一直對這場兵災有點迷迷糊糊、渾渾噩噩的我，開始有了實感。

我的家突然沒有了。雖然說我不只那個舊宅子，莊子上也能安身，但我湧起一種發虛的感覺。

如果我們不是避入縣城……如果不是周顧指揮若定……

我死死的把那種恐懼壓了下去，不敢想。

但我真不該掀起帘子透氣。路邊許多來不及收殮的屍體，大半都是老弱婦孺。我看到一個孕婦被扒光了，躺在路邊，大大小小的傷口有著乾涸發黑的血跡，嗡嗡的蒼蠅圍著她繞，眼睛定格在絕望的驚懼，發白的死氣。

我沒辦法移開眼睛。

「四姑娘，馬車顛，坐著吧。」周顧低低的說。

我沒辦法動。

眼前一黑，粗礪著繭的大手矇住了我的眼睛，將僵硬的我靠著奶娘坐好。奶娘沒講話，只是攬著我的肩膀，默默流淚，曹管家壓抑聲音咳著，頻頻嘆息。

這些天，那種不真實的如夢感漸漸散去，我沉甸甸的碰觸了真實。抱著奶娘的胳臂，我像是發瘧疾一樣開始抖起來，越抖越厲害。

對，守城時，我看到許多死人。但這些死人是為了保護自己的妻小，壯烈犧牲的。我知道他們為什麼會死，宛如泰山之重。我尊敬他們，為他們悲傷，但我不害怕。

但這些死在道旁，受盡凌辱的死者，是不該死的，跟他們沒關係的。他們死得一文不值，輕如鴻毛。我害怕，很害怕。

因為我跟他們一樣，沒有保護自己的能力。

我一直壓著不敢去深想，現在突然通通冒出來。兵災過去了，我才怕到牙齒打顫，不可不謂之後知後覺。

一到莊子，我就病了。說不上是嚇病還是累病。周顧說，我是太緊張、太勞累，一放鬆下來身體就來討債了。

我想應該是精神官能症。就像我前男友說的，我神經長，傳導慢，失戀沒幾天就能吃能睡，宛如常人。但養傷卻要養很久，時不時發作，動不動就病一場，後勁強烈。

那時他還只是我朋友呢，多中肯。早知道就不要答應當他女朋友，以後失戀可以找他喝酒。

我老忘了，我和他隔得可遠，足足五百年……也不對。這是歷史的岔路，應該是平行世界，一百個五百年也不會相逢。

躺在屋子裡發燒時，我心底就滾著這些胡思亂想。我自己不知道，卻會在夜裡驚夢，嚇壞了小英。

我倒下，整個家業的重擔都壓在周顧的肩膀上，他卻捲了鋪蓋來我門口守夜。我真覺得很抱歉。

「什麼話？」他扯著半個笑臉，「這樣好。不然我都懷疑妳是不是女孩兒，讓別的男人怎麼有臉活？」

「你不也活得好好的？」我嘀咕。

「我不是『別的男人』。」他挑了挑眉。

也是。別的男人怎得這樣腹黑？直比深海大章魚，被稱為海怪那種。

最後我還是掙扎著爬起來看帳，張羅內外。自家事自家知。越養只會越嬌氣，不如找些事情做做，分分心，轉移注意力。在那兒糾結，我只會一直想著那些滿臉驚懼的死屍。

這招還真的是有效。七年間的努力，一場兵災就全完了。那些該死的流匪，搶劫一空不算，還放火。本來可以收的莊稼能割的割走，帶不走的就燒了。舊宅埋著的金銀幸好沒被找到，但我名下這麼多二租田，就算周顧有本事，幫我把田租講到一半，大概也去了七八成。

但還有那麼多張嘴要吃飯……這次我可沒嫁妝賣了。

值得安慰的是，稻麥懂得割走，蕃薯、芋頭卻不懂得收。半飢半飽熬到下一季粗糧收成，大約還成。比較煩惱的是種子和屋舍重建。眼見就要冬天了……

雖然煩憂，但我卻不再病歪歪的，惡夢也做得少了。真是生於憂患，死於安樂。

但就在中秋剛過不久，向來顢頇的朝廷突然動作迅速起來。我突然被主簿大人——升官當縣令了，連致仕的黃尚書都重新啟用了——緊急請到縣城。明明跟他講，功勞都歸他就行了，但年輕人就是年輕人，心熱。

我和周顧都不願意掛名，他就含糊的把曹家報上去。一道聖旨，突然我家死掉的太爺、老爺都封官了，還賞了我百兩黃金。

進縣城就是為了接旨的。

場面說有多彆扭就有多彆扭。明朝的男子普遍不高，一百七十上下，官兵高些，也不是太多超過一百八的。但所謂高矮，是相對和陪襯的問題。我一個人雜在這些大男人中間，個個都人高馬大起來。

無他，我這可憐的小身板，剛好四尺半，換算起來無條件進位才能進入一百五。我都十八歲快十九的人，看起來和十三、四的小丫頭差不多，身材還更太平些。

若不是為了這百兩黃金，我才不想來。五斗米我是不肯折腰，但百兩黃金是多少五斗米啊！跪一跪還可以勉強。

誰讓我得養家活口，那麼多張嘴要吃飯呢？人窮志短啊！

樂得有點晃的把百兩黃金捧回來，周顧說別人見錢眼開，我卻笑得眼睛都沒縫了。

我不理他，「可以找工匠了……乾脆蓋磚屋好了……不不不，蓋碉堡！反正有錢了……」

「百兩黃金到頂也就一千兩銀子，圈村子的一道牆都蓋不起呢。」他潑我冷水，「土坯屋就挺好的，寨子的事情慢慢來，有我呢。我會打算。」

我點頭，「也是，術業有專攻，孔老夫子還說吾不如老農呢。拜託你了。」

他將我鬆散下來的頭髮掖到耳後，「薛荔……妳連頭都梳不好。」

「小英梳得很好呀。」我微微一閃，「是我的頭髮太滑，難梳。」

「誰讓妳天天洗呢？」他輕笑。

我不服氣了，「你不也天天洗？沒浴缸就難過了，連頭都不給洗，真不用活了……」

「浴缸？」他疑惑的看我。

糟糕。我趕緊含糊過去，「……你聽錯了，我是說浴、浴桶。」我是有浴桶……「很大很大的浴桶，可以整個人躺進去那種。」我趕緊轉移話題，「呃，對，這場兵災可能會導致糧價上漲，看看要不要外地運進來，還是跟左近的大戶買些……」

他深深的瞅我一眼，含笑的跟我商量。我覺得那笑是很溫柔，卻讓我背後一片汗。

* * *

雖然我對黃金的喜愛遠過於封蔭先人，但對曹管家和奶娘來說可大不相同。雖然我一直搞不清楚，似乎曹家算是改換門庭了。

但那關我什麼事情？我覺得商家身分方便多了。難道老爺、太爺有了虛官銜，我就成了官家小姐？神經。

他們卻一副老懷欣慰，得償夙願的模樣。曹管家還屢屢說，他可以放心去見太爺了。

我真不懂這有什麼關係，只能說老人家的邏輯概念很差，不跟他們計較。但我這樣的年輕人一放鬆下來，都不免生場病，何況這樣的老人家？尤其今冬特別的冷，飽受兵災驚嚇和逃難折騰的兩老，突然都倒下來了。

即使做了萬般心理準備，我還是突然心底緊得發冷，明明屋子裡頭兩個火盆，炕燒得熱燙燙的。

孫大夫快被我搞瘋了，成天纏著他問。他不跟我說實話，卻跑去跟周顧說。這家還是我當家呢，這算什麼？

我很瘋的對周顧發了頓脾氣，沒想到他沒回嘴，只是嘆了口氣。「……冬至前後吧。該辦的事情還是辦一辦……」

「不准！」我大聲哭罵起來，「胡說胡說！才不會！他們才不會撇了我……」

我不肯面對現實，也拒絕相信這對囉哩囉唆的老人家會拋了我。都快滿八年了！不是為了怕他們流落街頭，我幹嘛這樣拚死拚活？連兵災都熬過來了，怎麼可以這樣？不公平！

那陣子我心情很壞，連話都不願意多說。上午陪奶娘，下午陪曹管家。晚上睡得很差，總是豎著耳朵，怕傳來什麼壞消息。

吃不下、睡不好，我那該死的精神官能症又趁虛而入，每天起床都眼前發黑，我想是低血壓，得垂頭坐好久才站得起來。

眼見冬至到了，委靡的兩老精神像是好些，可以坐起來喝粥了，我才稍微放心些。心病還得心藥醫，他們好了，我也沒虛得那麼厲害，不怎麼發燒了。

冬至那天，不知道為什麼，兩老堅持要到正屋坐。我怕空蕩蕩的正屋太冷，勸了很久，他們倆明明分別臥病，卻同時堅持要去。

我心底隱隱感覺不好，卻拗不過老人家的倔脾氣。只好多多送上火盆，等我張羅好了進正廳，腦門嗡的一聲。兩老坐在下首，卻把祠堂太爺和老爺的牌位請在上座。

真想放聲大哭，但我不敢哭。

我一直以為，我是個無情的人。但我不得不承認，你無情來我無義，自然一點負擔都沒有。我的原生家庭呢，就是這個樣子。

但凡別人有情，我就會掏心掏肺，還得騙自己只是等價交換。我不敢承認，死都不敢承認，我一生最渴望的從來不是愛情。我最渴望的是，傷心的時候，有哭著喊爸爸、媽媽的權力。我最渴望的不過是，我的爸爸、媽媽能愛我。

我沒這個福氣，也很早就灰心斷念。我一直跟自己說，我才不在乎親情，我是無情的人。

來到這個連電線桿都沒有，常常受生命威脅，動不動就可能餓死的時代，我能這麼開開心心的活著，樂不思蜀，不怎麼想回去……

我不敢承認，不想承認……就是因為有人愛我。我不用想像幸福家庭是怎麼樣的，我終於知道被溺愛的滋味。

腳步虛軟的跨過門檻，我跪在奶娘前面，把臉埋在她的腿上，吞聲啜泣著。她無力的輕撫我的頭髮，「別哭，別哭……四姑娘……」

周顧進來的時候，我已經快哭脫力了。

曹管家喚了我，又喚周顧，他斷斷續續的說，我聽了好一會兒才讓哭糊的腦袋明白，曹管家勸周顧入贅呢。

他們從來沒求過我什麼。最後想的還是不放心我。能夠為他們做的，好像也只有這麼一件事。

我整個腦袋都昏沉沉的，轉一下都痛。我踉蹌的直起已經跪麻的腿，向著周顧問，自己的聲音卻顯得很遙遠，「周子顧，你願意娶我嗎？若有孩子……第一個孩子，得姓曹。」

他靜默了一會兒，「……我願意。」

後來可能是低血壓發作，我昏倒了。

第六章

關於那年冬天的記憶，我一直想不太起來。一切都像是罩在雲霧裡。婚禮辦得很倉促，畢竟是在搶時間。洞房花燭夜，我只記得我不斷掉淚，沒心情圓房，我模模糊糊的不斷跟周顧說對不起。

他沒說什麼，只是摟著我，讓我哭溼了他整個前襟，哄我睡。

辦完喜事不到一個月，就緊接著辦喪事。奶娘反而先去了，曹管家還撐完年夜飯。

外表上，我應該還好。我能吃能睡，日常看帳，料理內外，我想是看不出什麼異常吧？

但我覺得我好像又死了一次，現在可能是呈現殭尸形態。

我變得很健忘，整天渾渾噩噩，還常常記錯日子。周顧跟我獨處的時候，我最常說的是對不起。

我總覺得我害了他。簡直是半強迫的求婚。他總是笑笑，輕輕撫我的背。

不過幸好他陪著，不然我可能整個垮掉了。

等我清醒過來，天氣已經回暖，春耕都結束了。經過一個冬天，我瘦到走路都會打晃，還遺失了一些記憶……我已經想不起來冬天那段是怎麼過的。

但我還知道我沒跟周顧圓房。像是鏽了整個冬天的腦筋，困難的開始運轉。總是要面對現實……但要怎麼面對，我還沒有主意。

愁腸百轉了幾天，還是沒想到好的辦法。

外人看起來，我們同寢同宿，但卻有名無實。我越想越歉疚，雖然我不想嫁，但木已成舟……

慢著。我們還沒圓房不是嗎？那表示還有轉圜餘地吧？承擔惡名我來就行了，反正這年頭休妻簡單得像吃飯一樣，比方說我天天打他或是不許他納妾善妒之類的……

還是先跟他串個供好了……不然我真對不起他。

正在發呆，周顧走了進來。很自然的摸了摸我的頭，更自然的倒了茶給我。

……原來茶不是自己生出來的。我說呢，怎麼晚上我恍惚發呆，桌上的茶總是熱騰騰的，就沒少過……

「小英呢？」我覺得更歉疚了，「讓她倒就成了……」

本來低頭看帳本的周顧抬頭，口氣溫軟的哄。「我把她嫁出去了，就在上個月。妳又忘了嗎？」

呃，模模糊糊的，好像真有這麼回事。我訕訕的回，「……你們就是互相看不順眼。」

周顧定定的看著我，抬手摸我的額頭，「薛荔，妳回來了嗎？」

他問得沒頭沒腦，該死的我居然聽得懂。「嗯，」硬著頭皮，「抱歉，我傷心過頭……那、那個……從來沒有人……我是說，從來沒有人寵過我，像是父母一樣……」我緊緊握著拳頭，試圖忍住淚，「我真的很抱歉，就、就有點……身不由己，控制不住……」

他把我拉到身邊，攬著我。我不由自主的僵硬起來，不怎麼自在。「這下我真的相信妳回神了。孫大夫說得那麼嚴重，我很擔心的。」

我緩緩的放鬆下來，沮喪的把臉貼在他胸前。這段時間是他哄著我、陪著我。睡覺的時候我都硬要貼在他胸口聽心跳。

他在我耳邊低語，「……在妳成為曹四兒之前，就沒人寵妳嗎？」

我張大眼睛，注視著他的釦子。「我有父母，但有跟沒有一樣。說不定更糟糕。」

「山鬼不養小孩的嗎？」他的聲音柔軟下來。

「我不是妖怪。」我沒好氣的說。

「好吧，山神？河神？其實都不要緊。」他撫著我的背，「妳是薛荔就夠了。」

他這樣體諒，我反而更難過。「……周顧，你為什麼不生氣？」

「為什麼要生氣？」他乾脆把我抱到他膝蓋上，嚇我一跳。我印象裡沒有被父母抱的記憶，脾氣又太硬，穿越前人高馬大，男朋友自然不可能這樣抱我。

我抬頭看他，他一臉平和。

「我等於逼你娶我。」我的沮喪越來越重，「而我是因為……」

「我知道。」他把我揉亂的頭髮掖到耳後，「記得嗎？我說過，我父母雙雙過世了，那我就只想娶個合心適意，彼此相知的女子。」他很輕很輕的說，「不會天天疑我的人。」

我皺起眉，「你覺得我是？但你不愛我，我也不愛你。我們沒有愛情啊。」

「愛情？」他挑眉，「什麼是愛情？」

他真問倒我了。我試圖解釋，但他越扯越遠，我氣餒的發現，五百年加上一個平行世界的距離，大約有天狼星和地球那麼遙遠。

「因為我不能出將入相，所以妳不想嫁我？」他誤解得非常厲害。

「不是！」我臉孔一陣不自在，「……那是形容詞。上馬能治軍，下馬能治民，那就行了，我只是覺得太委屈你……」

抬頭看到他智珠在握的微笑，我突然有種掉入陷阱的倒楣感。「……你設計我！」媽的，大概是我大言不慚的說出擇婿條件，他就開始顯現「出將入相」的資格。我勃然大怒，扯著他前襟，「對不對?!」

他不肯正面回答我，「我就知道，我沒法娶凡間的平凡女子。相處起來實在太無聊……」

「周子顧！」我揪住他的領口，「你你你……」

他一隻手就夠握住我兩隻手，「我想忘記過去。」他柔聲，「只是得委屈妳一輩子面對我的鬼臉。」他輕輕的撫我的臉，手掌微微粗礪的觸感。

我不喜歡他這樣自傷。掙脫他的手，我摸他燒傷的臉。男女之防真的很煩，不過現在可以不用管了。遮住他半邊傷臉，他完好的臉非常秀美，睫毛長，雙眼皮，像是總含笑，鼻樑挺直。

不過不怎麼像漢人。

放下手，我輕輕嘆口氣。「如果你不是傷了臉，我也沒這運氣得到你。」

他的傷疤漸漸的紅起來。好一會兒我才意識到，他臉紅了。

「我的意思是……不是……」我結結巴巴的，非常苦惱。

「我不會強行要求妳遵守世間的規則。」他輕輕的說，「妳不是凡人嘛。」

這誤會真的……已經頂天了。我清了清嗓子，「周顧，我來自很遠的地方。但只有魂魄過來而已。我不是妖怪，當然也不是天人……」

讓我挫折的是，周顧沒把我扔到牆壁上，也沒拔腿就跑。他很認真的聽，一臉「別騙我了我早知道」的表情。

真話為什麼就是沒有人相信?!

我無力的把額頭頂在他胸口，「隨便你了，不信就算了。」

他安慰似的撫著我的背，默然無語。良久才開口，「為什麼不問我？」

「問？」我有點想睡。難怪小孩子都愛人抱，原來這麼舒服。

「我的來歷。」他的聲音在我頭頂悶悶的飄。

「你想說就說，不想也沒關係。」我懶洋洋的說，「反正你是周子顧。」非常腹黑，挺會拐人的傢伙。

「……我曾娶過一妻。」

我猛然抬頭，不自覺的全身僵硬。我可不要當細姨！

「在我封在秦地的時候。」他死死的抱住我，「我的名字，叫做周瑢。是為……定遠王。」

我慢慢的睜大眼睛，嘴巴合不起來。這個歷史岔路的朝代，只有一個異姓王。他本身就是個傳奇，據說豐姿朗秀，本來是個小侯爺……十六歲邊關告急，他使奇兵以寡擊眾，大破蒙古六萬大軍。之後揚威邊關，皇帝倚為臂膀，親封在秦地，是為定遠王。

但這位俠骨柔情的定遠王會這麼為人津津樂道，不是因為他的戰功和爵位，而是他不惜冒犯天顏，納一個樂戶女子為王妃。

「不可能的。」我斷然的說，「定遠王因為戰時的舊傷復發，已經英年早逝了！王妃自縊殉葬，傳為美談，連忙得焦頭爛額的我都聽說無數次……」我的心猛然沉下去……在我十二歲的時候。

周顧滿身是血的闖進我的生活在前，定遠王「逝世」的傳聞在後。

「自縊殉葬？」周顧冷笑兩聲，卻別開臉。

我強行扶住他的臉，逼他看著我。

他垂下眼簾，「……她總疑我終會負心。日夜擔憂，無理哭鬧。動不動就叫我走……」咬緊牙關，「終究讓人誤用。在我酒裡下毒……被人所獲。」

他的聲音越發冰冷，「若不是想知道隋帝寶藏的下落，怕是我就死了吧。可笑的是，我完全不知道。我活著是託賴一個無聊的謠言呢……」

所以他才會傷痕累累，甚至毀容。是怎樣的嚴刑拷打啊……

「既然逃出，你為什麼不去找皇帝……」我的話沒說完，因為他抬起的眼神非常悲哀。

我覺得很冷。

「不管傳多少代，」他輕輕的說，「總有人記得，我祖上是漢化的鮮卑人。」

我覺得，更冷了。

「……薛荔，我想忘了過去。」他將額頭抵在我的額頭上，聲音很低，很嘶啞。

我覺得悲傷，又覺得有點生氣，有點好笑。這傢伙黑透了。

舔了舔發乾的唇，我說，「周子顧，你是故意的。」故意在這個時候，解除我的心防，用悲慘的往事攻其不備。連這個他都敢算計，太過分了！

但我的聲音很軟弱。

「對，」他的聲音更輕，「我是故意的。而且還故意滿久的。」

他抬起我的臉，低下頭，將唇覆在我的唇上。偎在我臉上的傷疤，燙得跟火一樣。

周顧不但腹黑，而且非常心機。即使是這種時刻，他也沒放下來。我想他那種冷水煮青蛙的個性沒救了，什麼事情都要謀定而後動，連洞房花燭夜也不例外。

感想？感想就是我知道矮個子的辛苦了。他手法熟練嫻熟，可見少年時實習的機會很多，但我的頭仰得很酸。他卻連這個都算計進去，行雲流水又自然的脫我衣服，一面輕聲的哄，一面輕輕揉著我痠痛的脖子，順便不動聲色的在手臂上輕滑。

我想他真的沒救了。

不幸的是，我外觀是個純潔的蘿莉，內心卻是個經驗豐富的熟女……雖然有點迷迷糊糊，也覺得滿享受的，只是心底還有點好笑。

不知道風流這回事像不像學騎腳踏車，男人學會了就不會忘記。相處這麼多年，他連一點緋聞都沒鬧過，卻老練到這種程度。

可風流這回事，也分三六九等。男人十個裡頭有九個半立志要當花花公子，但能成器者，幾希也。想要讓女人神魂顛倒，就要因材施教，非常了解女人才行。所以說，什麼行當要當到頂尖都是不簡單，花花公子也不例外。

我想，周顧就是個當中的佼佼者。

他觸碰我的時候，非常非常的輕，粗礪的繭卻勾得人心癢難耐。我迷濛看到的，是他美麗的半張臉，燒傷的臉卻隱在黑暗中。

動情，但理智。聲音低啞的在耳邊輕喃，火辣辣卻有些輕佻的粗口，讓人有些心生抗拒，又渾身無力。

他身材很好，腰線很美、有力，雖然佈滿傷疤。但我想，總有一種人，就算是缺點也會想辦法化成特點。周顧就是這樣的人。

還有，我終於知道啥是「邪佞的手指」。周顧真是專家級的。初夜應該是會痛的，我能讓他呼嚨的忘記痛，我承認他節奏抓得很好，跟他一起真的很享受。

但我一直不太專心，或許是因為……他太清醒了。這讓我有點……悲傷。

我一直在看他隱在黑暗的傷臉。

穿越前，我的鎖骨下有一道化學燒傷，是我那荒唐離奇的家庭，無數悲劇中的一個副產品，我只是倒楣被波及，傷勢也不嚴重，只是不能穿領口低的衣服而已。

但我交過的男朋友，從來沒有碰過那道扭曲的燒傷。像是不碰就不存在一樣。

燒傷厚實，因為肉芽組織的關係，感覺遲鈍，摸起來有點悶悶的、酸酸的。我有任男朋友直言，看到就覺得不舒服，宛如白玉有瑕，問我為什麼不去美容除疤。

是啊，為什麼不？

或許是我還抱著微弱的希望，希望有人能接受完整的我。不管是完好還是傷痕。只是這樣的要求或許太高，倒是給我清醒面對一切的機會。

我伸手撫摸周顧的傷臉，另一手蓋住他完美的那一面。

如果周顧的臉都燒傷了，我願意和他同床共枕、渡過餘生嗎？我想我是願意的。我十二歲就認識他，現在都快十九了。或許我們之間沒有愛情，但我老忘了……這不是我的時代，而是五百年前。

古人不講愛情，講的是夫妻恩義。他待我是有恩有義的，甚至願意超過標準的哄著我、寵著我。

他停下來，木然的看著我，用燒傷、睫毛稀疏的眼睛，看著我。我略略抬頭，輕輕吻他糾結厚實的傷疤，火樣的燙。

周顧的眼神散了。

一直理智、謀定而後動的周顧，眼神散亂迷茫的猛然逼近我，急切到發抖。我終於能夠專心了。

女人的要求從來不是多猛或多久，而是能不能全心全意的投入，不要抱任何算計和窺探。

我什麼都想不起來。只覺得周顧像是一團火，已經將我焚盡了。

*　*　*

我們的關係倒沒有很大的變化。只是他以前找我議事，還得擔心議論，現在不用了而已。

他是個公私分明的人，卻沒想把我關在家裡。我若是想外出，他有空就會跟，只是以前他步行，現在騎馬而已。若是沒空，他會找兩個隨從跟著我，一直都很放心。

也就是說，以前他怎麼對我，現在也差不多。我實在算是相當幸運，極度男尊女卑的時代，他卻沒想過要打壓我。我想是因為他對自己非常有自信，所以寬容寵溺的看待我的「能幹」。坦白說，許多二十一世紀的男人都辦不到，他這個古人卻辦到了。

我們的分工很簡單，我管莊園管理、經濟和農事，他管外交、教育和軍事。有事就互相商量一下。雖然只注重「讀」的能力，但知識真的就是力量。當中真有幾個聰明伶俐的小夥子，我提升到別的莊子去當莊頭了，表現真的很出色。

還有的讀得好，有強烈求知欲的孩子，我設了獎學金制度，能考得上，我就送去縣城念私塾。有升遷管道、子女有教育機會，工作情緒就會高昂起來。這種奮發的精神反映到產量上，因兵災元氣大傷的莊園經濟快速的恢復過來。

如果沒有太大的意外，這幾年應該順風順水了。

「……周顧，我想收成太好導致穀賤傷農也不是辦法。你看要不要建個酒莊？調節一下農作物的價格……」

周顧卻把帳簿一推，「日落了，不談工作。」

「現在下班太早了吧？」我不滿的喊。

他只是笑，很習慣的把我拎過膝蓋，用鼻子摩挲我的臉。「反正擺著不會有人偷做。」他聲音很輕，「薛荔的肌膚滑潤如玉呢……」

……我想他真的是蘿莉控。可憐的孩子，真難以啟齒的毛病。我抓著他的臉，推遠一點，「蘿莉早晚是會長大的。喜歡黃毛丫頭是邪魔歪道，還有犯罪的可能。再說……我裡面的靈魂跟你年紀差不多。」

「妳確定差不多？」他挑眉，「不用乘以一百或一千嗎？」

我啪的一聲拍他的額頭，他一口咬在我的肩膀上。

這就是我對新婚生活最大的不滿。

我承認，周顧是個劃時代的奇男子，但他終究是古人……還是相信神鬼，酷愛楚辭的古人。他完全相信有哀艷的山鬼、漫行氤氳川面的湘夫人……或是巫山雲雨的神女。

或許是現實的愛情生活讓他極度失望，所以他把希望寄託在虛無縹緲的非人身上。剛好我滿口胡柴，見識荒唐而超前，他就認了一個死結，成就了「因誤會而結合」的真理，而且死都不肯了解。

「我要吃飯！」正在為了我快餓穿孔的胃和人身清白奮鬥，但怎麼掙扎都無法脫離魔爪，不得不恐嚇他，「我裡頭是個老婆婆！皺紋比魚網還密……」

「不要緊，我不嫌棄妳就是。」他作大野狼狀，「吃什麼飯？我餵妳……妳想飽到什麼程度？」

這條大烏賊終於露出原形了！

「那個冷靜守禮的周子顧到哪去了?!」我悲憤的大叫。

「誰知道。」他仗著身高和體力的優勢架住我的掙命，「等我餵飽妳，我出去找看看吧……」

我深深的覺得，家庭暴力應該重新定義才對。

* * *

但我也不是說，周顧對我不好。相反的，婚姻這件事情，古代未必比現代差。愛情這種玩意兒，激情過後，日漸磨滅，最後相對兩無言，勉強維持著白開水的雞肋狀態。現代人的外在誘因又多，一腳踏空，禍延子孫。

古人不講愛情，講恩義。一起頭就是為了要共度一生，目的非常明確。真的有辦法娶到三妻四妾的，通常是有錢人。但在現代都有二奶、三奶、無數奶了，咱們還是一夫一妻制呢。

相較之下，今未必勝古。說到底，還是看結婚的兩個人是怎麼樣的。

而且我當初開出那樣苛刻的條件，周顧的確滿足了，我們又認識那麼多年，知根識底。雖然讓我點頭的契機有那麼點權宜的味道，但我也算願賭服輸。

而周顧，的確是拿我當唯一的親人看……如果別那麼愛逗我就好了。

可我總覺得有點對不起他。

他那個顯赫的身分，對我來說震撼力不太大……我畢竟是個現代人，對封建王權沒有根深柢固的懼怕和敬畏。只是，他曾經榮華富貴、手握重兵過，卻跟我在這小地方玩泥巴看莊子，實在大材小用。

我有點擔心。

周顧聽了我的煩惱，盯著我好一會兒。「……妳說，咱們這個姿勢適合討論這個嗎？」

「也對。」我悶聲，「你快把我壓扁了。周先生，能不能請你下來？我不是你的床墊……而且我呼吸有點困難。」

他沒說話，惡狠狠的頂了我一下。我驚喘一聲，臉孔都快滲出血了。我真不懂……該辦的事都辦完了，他怎麼精神還這麼好，死都不肯出來。

「嫌我重，嗯？」他真的把全身重量都壓在我身上，「不想被壓死，就把妳的羽衣交出來！」他磨牙作咆哮狀。

我舞手舞腳的喊救命，可惜不會有大俠破門而入、拯救蒼生。「什麼羽衣？你又不是董永！更不是牛郎！」

他又作惡少狀，捏著我下巴獰笑，「嗯，情妹妹，喊聲周郎來聽聽？」

我對他翻白眼。「周瑜真像你這樣，難怪小喬孤舟奔曹操。」

「讓妳奔、讓妳奔……」他在我身上亂咬，痛是不痛，但我怕癢，笑得差點斷氣，「羽衣交出來！」

笑得嗓子疼，心底真是一把哀悼。明明知道這傢伙比烏賊還黑，超會裝的，我怎麼就沒看出他的真面目？

偏離主題的鬧了好一會兒，他才若無其事的撫著我的臉，「雖然我治理過秦地，但我還沒這麼親民過。我覺得……挺有趣的。」

「但可惜你的才能。」我舉手摸他的傷臉。

「那種東西有什麼值得可惜的？」他漫應著，「經過生死關頭，還有什麼看不淡？現在挺好，妳不疑我，我不猜妳。看妳興興頭頭的過日子，我就覺得，日子其實挺好過的。」

「……你為什麼想跟我湊合呀？」我真是想不明白。他這人，就算是整張臉毀了，照樣可以顛倒眾生、興風作浪，想不想而已。

他想了一下，「因為妳藏著羽衣……」

「除了這個以外！」我真受不了他這種古怪的想像力。

「因為妳什麼都會跟我說。」他嚴肅起來，「而我也什麼都能對妳說。妳明白我，我也明白妳。」

我愣了一下，不知道為什麼，眼睛酸酸的。「那……那是因為，我跟你說什麼，你都不會罵我，願意好好跟我商量。」

他溫柔的看著我，噙著半個笑。「……等妳做得煩了，想休息，我們就把這兒擱一擱。我還有一些藏起來的產業，我帶妳去五湖四海遨遊。以前……我沒這個心情，現在有了。我養妳，薛荔，我養妳。」

這下子，我眼前霧茫茫了。

吸著鼻子，我用力閉一下眼睛，「……這兒挺好，只是怕你悶。」

他輕輕的笑，偎著我的臉，「我不悶，薛荔。妳愛作地主婆，我陪妳。如果妳嫌地不夠大……妳若要天下，我去替妳把天下打下來。」

我噗嗤一聲。乖乖。別的男人只說到摘月亮，周顧果然是武將，情話也說得這樣殺。

「你想累死我？」我反抱住他，「壓不死就拿個天下來累死我，心真黑。」

「那妳在上面好了。我不怕被妳壓死。」

啪的一聲。我發現我打他越打越順手敏捷了。

第七章

迷迷糊糊的，我聽到床側有窸窸窣窣的聲音，勉強張開眼睛，天才剛亮，昏暗中，周顧正在穿衣。

「還早，多睡會兒。」他坐在床側，把被子掖緊。

我伸手拉住他的袖子，渴睡的說，「是不是下雨？」

「是呀。小街天雨潤如酥……」他還沒有梳頭，烏溜溜的長髮披散著，顧我而笑。天色暗，他看起來有點朦朧，白皙若玉的半個臉龐，和縱橫傷疤的猙獰傷臉。

總有些人，可以把缺點變成特點，用氣度熬煉傷痛，轉化成無人可及的氣韻。

「……草色遙看近卻無。最是一年春好處，絕色煙柳滿皇都。」我順口背完，掙扎著爬起來，穿起衣服。「盥洗沒？我去幫你打水。」

「得了。一桶水提來剩半桶水，燙了不是玩的。」他握著我的手，藏到懷裡，「其實我是要去操練，回來再梳洗就成了。」

「下雨也不停啊？那些小夥子跟了你還真倒楣。」我打了個呵欠，「回來再盥洗也成，但我幫你梳頭吧。」

我自認小門小戶，卻讓周顧沒得擺王爺派頭。我實在不喜歡丫頭、老媽子跟前跟後，更不喜歡我跟周顧在房裡時有人探頭探腦。我的丫頭都是天明才來打理家務，日落就得給我滾出院子，美其名為家管。

累得周顧半夜想吃點什麼，都只能吃我唯一會作的荷包麵，他還得到小廚房幫忙生火。寧願在小廚房服侍他洗澡洗頭，我也不讓丫頭代勞。

但實在他服侍我比較多，提水燒火的重勞動都是他在做，但他沒生氣過，只是笑。有時候會逗我，「薛荔，我知道了，妳是杜黑塔的妹子吧？」

後來我才知道，醋傳說是杜康的兒子黑塔誤打誤撞釀出來的。氣得我直擰他，根本就不是那回事嘛！這傢伙真格臭美！

周顧一直保持著武人「聞雞起舞」的好習慣，這個時間丫頭們都還沒起床呢。而且，我也不喜歡別人梳他的頭。

我喜歡他低垂著頭，溫順的等我梳通那頭烏溜溜的頭髮。跟他的性子一樣既韌且剛，得花點力氣才能梳緊綰髻。

三十幾歲的人了，還保持著二十來歲的風姿，卻神態安適。以前看《水滸傳》，總覺得裡頭都是群亂臣賊子，唯獨喜歡浪子燕青。

邀浪子之名，卻有為有度。可說是裡頭唯一一個乾淨人。

周顧雖然沒有燕青遍身花錦刺青，卻是一身傷痕，鏤刻了戰功和堅忍，也不遑多讓。多才多藝，機智多謀……其實還真有點像。

「梳著梳著就走神。難為妳還不會梳成雙丫髻。」周顧輕笑，「梳子給我，換妳了。」

「我自己來就成了。」

「妳再梳辮子裝未嫁少女，不免屁股挨一頓板子。」他恐嚇我，把我按在梳妝鏡前，「今天妳想作什麼？」

低著頭，我忍住瞌睡，「去酒莊看看。今年糧食價格緊俏，不好拿來釀酒。但我們試種的甘蔗收得不錯，我記得蔗渣好像可以釀酒，但詳細是怎樣的我真不記得了……再不然也能造紙。具體還是要跟師傅們商量看看，不然造些水果酒也好……只是不耐放……」

小雨淅瀝，周顧一面梳我的頭髮，一面聽我說這些無聊的家裡長短。

「真不該整這酒莊。」他柔聲抱怨，「白累著妳呢，又沒什麼大收益。」

「你也說過，我這嫁妝只是表面好看的。」我笑了起來，「忙忙的才好，閒著只會胡思亂想。」

「不敢再整了，有什麼妳不知道的？」他輕輕呵斥，「什麼都能折騰一兩手，怕妳了。」

「哪有？」我沮喪起來，「我就不知道怎麼吹玻璃煉鋼。」

「玻璃？鋼？」他一愣。

呃……我額頭落下一滴汗。想了想，反正我是真的不知道，應該也沒什麼差別。「我是真的不知道怎麼作，因為我是個不用功的人。」我作捧心懺悔貌。

誰知道會穿越？早知道我就硬背下來。俗話說，千金難買早知道，誠不我欺。

他沒追問，只是頗耐人尋味的一笑，「晚上再拷問妳吧。我得出門了……妳要出門，記得讓小廝套驢車，別淋雨了。」

……這大概就是所謂的禍從口出。「知道了。」我沒精打采的送他到門口，「拷問可不可以免了？」

「不行。」他笑笑。

我很無恥的在他唇上嘖然親了一下，厚顏以殘存不多的美貌色誘，「……這樣行不？」

他很熱情的扳過我狠吻兩下以回報，利息附帶豐厚，眉開眼笑的，「不行。」

我的肩膀垮了下來。滿臉鬱悶的看他走入綿綿春雨中。

我和周顧結婚以後，有了一個適當的身分，我更能心無旁騖的把所有心思擺在產業上。

已婚婦女比未婚少女要方便太多了。反正我向來光著臉見人，不施脂粉，瞧我這洗衣板身材，也不會有人覬覦。畢竟這時代像周顧那種蘿莉控是很稀少的。

（雖然我想起「貧乳有稀少的價值」，總是掠過一陣濃重的悲傷。）

正因為如此，所以我才能不動聲色的拿粗陋的企業組織偷天換日。每個莊子都設莊頭，之下有農牧工商四個頭目。漸漸把手底的權力放出去，我只抓總和巡邏而已。

真正在我手底下的，是一塊二十畝的實驗田。我請了幾個精明幹練的老農和識字的小夥子一起幹活，老農的經驗用在這個實驗田裡頭，小夥子得記錄下來，種了很多稀奇古怪的農作物，孫大夫還割了一塊去當藥田。

我說我要編本《農略》，孫大夫比我還起勁，他說他就附驥於後，附錄個《藥綱》。

雖然是個虧損的研究單位，但卻間接提高了農田平均產量。人嘛，活著總是要作些開心的事情。雖然我連秧苗都插不直，扶犁沒三步就倒地不起，常被人笑種得一嘴好田……但這樣忙忙的玩實驗，我恍惚回到以前奴役學長、學弟的美好大學生活。

至於周顧壢……他不管我。有時候心疼扔到實驗田的銀子，他還會鼓勵我用力扔下去。「真窮盡了，剛好省心，」他總是很沒良心的說，「換我養妳就是。」

我也總是打賞他一個白眼。

等我那本《農略初稿》出爐的時候，我到這個世界，剛好十年。從十一歲兩個破莊子開始，到我二十一歲，安樂縣的所有土地幾乎都在我管理之下。農業帶動工商業，年輕的盧縣令又不像前任陳縣令只會刮地皮，算是患難之交。他樂得天天吟詩作對，跟京裡做官的黃尚書狼狽為奸……我是說互相扶持，放手讓我們大展身手。

安樂縣名副其實，如我最初的希望：眼睛看得到的地方，沒有愁雲慘霧。

而我和周顧這個小家庭，卻隱然有小朝廷班子的架式。不提我民政和經濟偷了很多五百年後的概念，周顧的身邊在不知不覺中，聚集了一票人才。他不像士人那般輕商，反而用心經營。

但他卻是以「三軍未發，糧草先行」的概念去經商，主要是充實糧草。等我驚覺的時候，才發現他以商養軍，農閒時操練村勇，農忙時化兵為農。而這些補貼的軍餉、幕僚的薪餉，他從來沒跟我支過帳，反而他經手的商鋪還能有銀子交上公中。

我仔細查帳，發現跟我結婚後，他再添的鋪子、作坊，都是他自己拿出來的。稍微心算了一下，我們幾乎是養了一兩千的精兵……比軍屯兵還精實太多，武器更為精良。

我不經意提過日本刀的鍛鍊法，真的是漫畫裡看來的，我也不知道正不正確。雖然玻璃實驗宣告失敗，但這種反覆疊加打造的鍛刀法，卻被周顧試出來了。我雖然不懂，但也看得出來，私造精良武器給民團好像不太好。

安樂縣的實際權力，已經轉移到曹家……這個事實讓我嚇出一身冷汗。而他那些過分精明幹練的幕僚，更讓我坐立難安。

我不敢深想，但不能不深想。我真的害怕了。

「……周顧，你到底想作什麼？」我不喜歡猜，我想知道他的答案。

他抬起頭來，「沒想作什麼。」

我把我塗得亂七八糟的筆記遞給他，默默看完後，他用蠟燭給燒了。沉默了一會兒，他輕嘆，「……天時不好，旱澇若不緩解，民變恐怕是在所難免的。隨州十縣，獨富安樂，我們不能沒點護院的能力。」

「……你知道我不是在怕這個。」我吐出一口濁氣，「你不該動自己的銀子，更不該收留……」我放低聲音，「以前的人。」

他戒備的看著我，濃密的眉毛皺攏起來。我突然覺得很傷心。

「……他們是……我的舊部。」周顧斟字酌句的說，「拋官棄爵的來跟我，我不能棄他們不顧。放心吧，薛荔，我不會連累妳……」

我蹦的一聲，用力一拍桌子，倒把我自己嚇了一大跳。

但我氣得發抖。像是胸口裡塞滿了炭，怒火中燒。顫著手指他，我卻一個字也說不出來。

他說他不會連累我。他拋不下舊部，卻可以拋下我。

我撲過去，掐住他的脖子，卻發現我氣得發軟，居然使不上力，只是拚命發抖的抓住他的領口。

「薛荔！」他大驚的扶住我。

揪住他的領口，我張嘴，卻發不出聲音，我終於知道什麼叫做「氣背過了氣」。眼前一陣陣發黑，心底狂鬧。我死死倔倔的梗著脖子，終於吼出聲音，「連累我？周子顧，你敢跟我說連不連累?!你……你……」

「我不是那個意思。」他急著要抱住我，我卻緊緊的揪著他領口，硬用手肘撐住他，不讓他近身。

「你……你……」我真擔心會少年中風，太陽穴的血管不斷跳著，說話都破破碎碎，腦袋嗡嗡叫，好不容易終於掙扎出聲。

「你死，我就死！」等聲嘶力竭的吼出來，我才鬆勁哭出來，全身發軟的滑下去。

倒不是什麼生死相隨，或者復古想殉葬。我在這時代已經明白，一個女人想獨立生存，實在是不可能的事情。以前曹管家和奶娘忠義之名響透隨州，我才能託賴以「幼主」的身分整理家業。而他們雙雙過世以後，因為我嫁給了周顧，所以我才能用已婚婦女的身分平安順遂的過我想過的日子。

周顧若不在了，我真的不想依附其他人。與其被其他爛男人作踐，困守閨牢，不然死了乾淨，說不定迷夢得醒，或者有機會回家。

我願意留在這世界過活，是因為周顧拴住了我。

但他卻說不會連累我。原來我和他的距離這麼遠。

他緊緊摟著我，一言不發，隨便我把他的衣服揉得跟鹹乾菜一樣，也不肯放手。

這是我們有史以來吵得最大的一次架，規模遠勝他跟我商量借腹生子那次。他畢竟是個古人，結婚三年沒有小孩，他也會焦慮，更覺得對不起曹家的列祖列宗，畢竟他答應過了。

但「差點納妾事件」我完全沒有生氣，我只笑笑的問他，「王爺，你以前眠花宿柳，嬌妻美妾無數，敢問子女多少？」

「……一個都沒有。」他悶悶的說。

我攤手，「這不就結了？哪兒納駐生娘娘麾下玉女，一舉得男？你真要納妾，我去別莊住，你有空來看我就行。省得你內憂外患，後院起火。」

他很鬱悶，「妳真當我是貪花好淫之徒？」可能覺得男性自尊有損，好些天不開心，我還好聲好氣的哄，連「俏哥哥給姐兒笑一個」這種肉麻話都出來了，才引得他破顏一笑，揭過不提。

但這次我揭不過去。

我真的怕，非常怕。比他想納妾生小孩還怕。我能明白體諒古人的思維，但我不能原諒周顧的「不連累」。

「……我不懂妳為什麼生那麼大的氣。」周顧有些無奈，溫軟的問，「就是疼妳怕妳傷著，所以才不想讓妳涉險。怎麼連死啊活的都出口了……童言無忌、童言無忌……」他輕輕拍我的嘴。

我哭得沒半點力，只剩喘氣的份。男人，都是白癡。連這麼聰明的周顧都不例外。

「把你的羽衣交出來。」我嘶啞的說。

「什麼？」他愣了愣。

「把你的羽衣交出來！」我又哭了，「不准走。我先死你才准死。把你的羽衣……交出來……」

摩挲著我的背，他摟得更緊一點，聲音卻有點發顫。「我明白了。現在……我明白了。」

＊　　＊　　＊

我真成了古人了，居然真的「憂憤成疾」。

其實根本沒有那麼誇張，只是我剛好mc來，所以才會發那麼大的脾氣，哭成那樣當然鼻塞喉嚨痛，mc期間身體抵抗力又不好，數管齊下，我就感冒了。

但是孫大夫說的不是那回事，什麼「情思鬱結」有的沒有的，氣得我罵他庸醫。

周顧真的被嚇得不輕，以為我將一病不起了。班也不去上，操練也停了，蹲在床頭哪都不去，看了極煩。

忍了三天，還是被我轟出房門。「我只是傷風，不是大痲風！」我對他吼。

「……平常也不見妳怎麼黏我，」周顧嘀咕，「怎麼連同生共死都出口，還氣病了呢，真是……」

我的臉立刻燒得通紅，乒的一聲把門給摔上。他在外面只是一個勁的笑。

笑笑笑，誰不知道你牙齒白？那麼愛笑！

我的脾氣來得猛烈，但去得迅速。既然跟周顧講開了，我就沒再擱著氣了。至於他那些舊部……我總不能連男人的醋都吃是吧？若是將來裡頭出間諜，賣了周顧……傾家蕩產救得了就救，救不了跟著去就對了。

死都不怕了，還有什麼好擔心。

我最不愛自己在那兒糾結了。而且我愛自由，不喜歡人家管，更不喜歡管別人。所以我還真沒想過要叫周顧把人都遣走。這點我跟周顧都有像到，標準吃軟不吃硬。好好說、說得通，還有可能改變主意。越高壓反彈越劇烈，誰沒點自己的個性呢？

既然周顧明白了，不會拋下我，我就不會再提。

但他卻把自己的「羽衣」真的交給我，我還愣了半天。

那是一個玉珮（吧？），通體雪白，一點瑕疵都沒有。我的藝術修養低破地平線，但是這玉珮雕琢得雖然簡單，線條卻非常有力動人，正面應該是虎或豹，把那種律動感都雕刻出來了。背面卻是看不懂的字……大概吧。

雖然清得很乾淨，但隱隱沁著紅。我興致勃勃的找了印泥來，把周顧嚇了一大跳。趕緊拉住我，「我的四姑娘，妳能不能消停點？別亂蓋！」

「不能蓋？」我莫名其妙，「不蓋怎麼知道寫什麼……」

「噯，傻姐兒。」周顧一臉啼笑皆非，「別混蓋……更不能讓人看到。這是我的……『羽衣』呢。」

我看看那個「玉珮」，又看看他。我老忘了他以前是定遠王。「這是王……」

「噓～」周顧拚命噓我，滿臉頭疼。

這是王璽。

但他拿給我幹嘛呀?!

「妳有這個，就是捏著我的命。」周顧一臉淡然，「妳說要羽衣，我留給妳了。」

推來推去推得差點摔了，我緊張得滿屋子亂轉。最後我打了條結實的平結當項鍊，就掛在胸口，藏在衣服裡，連洗澡都不敢拿下來。

我忐忑了幾天，越想越羞愧。其實有話不好好講，發那麼大的脾氣。結果君子（周顧）坦蕩蕩，小人（我……）長戚戚。

「……周顧。」我咬著唇喊。

「嗯？」他正專心的解一顆比較緊的鈕釦，當然是我身上的。

「那個……我沒有羽衣給你。」我苦惱的說，「因為我來的時候，什麼也沒辦法帶。」

「……妳一定要這個時候討論嗎？」他好不容易解開鈕釦，「妳專心點。」

「我還不是曹四兒之前，姓殷，殷晚玉。」我很誠懇的說。

他停下了動作，「殷晚玉？怎麼寫？」

我在他的背上寫，「晚玉……其實是晚香玉，是夜來香種的。這裡我從來沒看過，很香，晚上開……因為我出生於六月十六子時，窗外剛好開這種花。」

他跪在我身側，捧著我的臉，像是從來沒見過我。「所以說，是花神？」

我氣得發抖。「周顧，你真的是個神經病。」

「我懂，天機不可洩漏。」他滿臉「原來如此我早該知道」的表情，笑得臉孔粲然如春花（雖然只有一半），「怪道呢，親土如命。」

「我說過，我不是妖怪！」我真的怒了。

「是是，晚香玉，一定是小小的白花吧……妳看我早知道呢，薛荔也是小小的白花……」他輕柔的吻我的臉，像是雨點一樣。淡淡的笑著。

……算了。對於一個太有想像力的古人，你能怎麼辦？更何況我還嫁給他了。

我們這次的爭吵終於徹底過去了。之後真的沒再吵過……頂多我被他逗得暴跳如雷。

不過周顧的浪漫向來很奇特。

因為不知道晚香玉是怎麼樣的花，他在宅子裡大興土木，挖了個活水池塘，一端靠近我們的臥室，推窗就是滿眼水色。隔岸他種植了許多香花，距離遠了，花香越過粼粼水面，入窗時顯得縹緲悠遠，若有似無……

然後笑咪咪的聽我將〈陽春白雪〉分屍，〈歸去來辭〉彈成「歸去來死」。古琴我彈得最好的是……小蜜蜂。

下人只要看到我把古琴搬出來，打開窗戶，通通掩耳而逃……可見我多沒音樂細胞。

但周顧卻很愛聽我彈琴。

「何必這樣彼此折磨？」我很無奈。

他笑得很開懷，「曲有誤，周郎顧。不過照妳這樣彈，我轉脖子都會抽筋了，不如看著妳彈好了。」

……我懂了。他拐彎抹角的嘲笑我。「祝你頸椎出裂痕。」我咬牙切齒。

他笑著起身，把著我的手彈。

很久很久以後，我才知道。這就是他最浪漫的表現。

第八章

我和周顧自從舊宅燒了以後，就沒再重建，一直都住在莊子上。我是個吝嗇的傢伙，周顧也不拘小節，所以莊上別業講好聽是小巧玲瓏，講白些就是屋淺庭小，還沒人家高門大戶的一個院子氣派。

我們這場大架，我又吼又叫，之後還病了一場，不用傳就舉家皆知。雖然沒有人白目到問我是怎麼回事，但大抵傳來傳去，還是有幾分真實。

當然，周顧的幕僚都是聰明人，自然心知肚明。

我猜，他這些幕僚應該都是秦王府時的心腹，大約是周顧動用藏起來的產業時，讓他們知了首尾，才悄悄的來奔舊主。

這些人來來去去的，幾乎都讓周顧安插在各地管理產業，我想也兼具探子的功能……畢竟商人交易有無，消息也最為靈通，這倒不令人意外。

真的留在周顧身邊的，有兩個人。書生模樣的叫做范秀，武人模樣的叫做鍾會。都長得英武非凡，惹得莊子上下的姑娘、媳婦兒春心蕩漾，手帕、荷包收了幾大籮筐。

但這些人，連正眼也不會瞧我一眼，狹路相逢，他們側身讓路，卻把我當空氣一樣。只是我和周顧吵了這架以後，他們的眼神變了，多了冷意和刺探，范秀偶爾還會用種研究的眼光看著我。

不在意這些人，雖然我也不喜歡他們。

我的行為常有離經叛道之處，卻不是我要違抗這個時代的規範，主要是我真的不了解……來了十年，我謹慎很多，也盡量不觸犯底線……費了那麼大的工夫編纂出來的《農略初稿》，我還沒敢刻印付梓，就是不想犯上位者的禁忌。

我當然知道，知識要流通才能促進文明的進步，但我已經不是剛來時那個啥都不懂的女人了。這是個人治的社會，法律和社會制度都還有待完善，什麼事情都不能夠急躁，得待時度勢。

對他們真正的不滿，就是這個。如果他們對明朝的大老闆不滿意，那就自己去拚上位，不要把周顧拿來當個神主牌。

的確，周顧有許多優點，見微知著，我想他頗有「仁君」的氣度，若是生活在二十一世紀，我一定會支持他選總統。但這是十五世紀，君權天授的時代。而且周顧有個致命的缺點。

他雖然腹黑愛耍心機，卻屬於「善巧」，腹黑心不黑。他不是不會，是不屑。他不屑陰謀狡詐、喜怒無常的帝王心術。他有他的驕傲，而且生性熱愛自由。心還是熱的，血還滾燙。他大破蒙古軍是基於義憤，是為了一個軍人的使命，卻不是為了加官晉爵。

我明白他，但皇帝不明白他，那些幕僚也不懂。

當初皇帝忌憚他，明升暗貶，將他封到偏遠貧瘠的秦地吃風沙，只留下他麾下大將戍守邊關。但邊關軍費接不上，老部屬向他告急，他非常不守規矩的私下經商——這是好聽的說法，事實上就是跟牧民走私——賺錢養軍，四下募款，並不是為了施恩人心，而是他看不下去，不肯守僵化的規矩。

周顧的確很有手腕、有能力。我想他這些憤青幕僚在他手底下做事一定很開心……能把貧窮落後的秦地經營成「小長安」，真的很了不起。

對這個部分，我是抱著同情的。我在這裡當個小地主，心願這樣卑微，還是被前任那個只會刮地皮的陳縣令氣得天天想造反，更何況這些憂國憂民的憤青？

但憤青就是憤青，過度理想化。承平帝在位，天下基本上是太平的，關中民變，只能說是太倒楣。五年間密集的鬧完旱災鬧水災，只會做學問、人品高潔的京官束手無策，只能靜待災禍過去。

而皇帝本身，該賑災就賑災，治水也沒有一年落下，雖說無大功也無大過，說起來是這時空的歷代明朝皇帝號稱「寬仁」的一個。他對周顧非常不爽，卻也是陰他，並沒有直接綁去菜市口一刀砍了，表面上的名聲很不錯。

亂世說不定還能夠來個黃袍加身，現在只是出點小亂子，怎麼可能有這個機會？但這些憤青，卻圍在周顧身邊，製造出一種氛圍。他們對一切都不滿，認為「定遠王」不該過這種低賤的生活。他們用王禮恭敬的侍奉他，在細微處維持一種王室的尊嚴。

他們無視我，逼不得已和我說話時，稱我「曹四姑」，排斥疏遠之情，溢於言表。我想他們壓根就不承認我有資格當定遠王王妃，雖然他們前任王妃是個樂戶女子，還被矇騙的賣了周顧。

不過呢，我是文明的現代人。咱不跟古憤青一般見識。

在我和周顧吵過架後一個月的某個午後，我溜回房間想洗個澡。

天氣漸漸熱起來，古人穿得又多，又被人堵住在熱毒太陽下講話……我瀕臨中暑的強大危機。

其實，我很想穿細肩帶短褲，但你知道的，我是個膽小鬼。周顧就算能夠同意，奶娘和曹管家恐怕會從墳墓裡跳出來給我加衣服。

沒想到周顧也在房裡。他不是說中午要去縣城赴宴嗎？

「怎麼回來了？」我問，順手把我的毛巾遞給他。他擦了把汗，神色卻不太好。

他瞅著我，卻不講話。他這麼陰陽怪氣，我有點糊塗。「早先你說不回來吃飯，所以沒什麼菜。」

丫頭把飯傳上來，希望他看了別昏倒。總共兩菜一湯，滷冬瓜、皮蛋豆腐、冬瓜蛤蜊湯。

「妳就吃這樣？」周顧果然一臉震驚，「家用有緊到這種地步嗎？」

「我怕熱。」我趕緊打斷他，「要不是不吃飯不好，我還不想吃呢。我交代廚房多做幾個菜好了……我不知道你會回家吃呀。」

周顧中午不是跟村勇吃，就是和幕僚一起吃。既然他不在，我就吃得很簡單。今天還算有菜的……我吃茶泡飯他沒瞧見，真是萬幸。

他一臉鬱鬱，「……不用了。妳能吃，我不能吃？」

我更摸不著頭緒了。他看上去有些氣，這對他來說是很不得了的事情。他不像我七情上面，很能藏住心事的。

「怎麼了？」我盛飯給他，「有什麼事麼？」

「這話是我要問妳才對。」他舀了一大匙豆腐，氣忿忿的吃飯。

我先是摸不著頭緒，「我？我能有什麼不開心？今春雨水是少了點，收成可能有影響。但歉收也是有收成，陳州可苦了，關內更不用說……」

「妳幾時才能把自己放在第一位？」他擱下筷子，「妳還要忍到什麼時候？妳為什麼不說？」

說什麼？

「……范秀今天跟妳說什麼呢？」他忍無可忍，「我竟不知道他們居然這樣待妳……妳為什麼不說？妳是他們的主母！」

我張大眼睛，好一會兒才懂他的意思。周顧……在為我生氣是吧？

「那可不對。」我嘀咕著，盛了一碗湯給他。「周顧，那是你的部屬，說不定是一起從屍山血海裡爬出來的。他們對你忠心，對你好，那就夠了。他們又不是我的部屬，薪水也不是我給的，更不是他們的老闆。我只是嫁給了你，可不是他們得對我忠心。」

「說什麼鬼話!?」他難得的動怒，「那還有上下之禮麼？我……」

我趕緊阻止他說出什麼不該說的話。他現在生氣，那些憤青再強個嘴，說不定不歡而散。不是只有男女之間才會由愛生恨，男人間的兄弟情誼才翻得更嚴重。

「子顧！」我叫，「我堅持！你想想，若老婆、親友都能指揮你的人……歷代的宮變怎麼會那麼嚴重？你別害我擔個壞名兒。再說他們也沒講什麼，就說想蓋個新的練兵場而已。大概是我拒絕得太硬，他們面子下不來，說了幾句罷了……」

「我就在你們後面的樹叢裡聽呢。」他板著臉。

我啞口無言，訕訕的低頭吃飯。其實我覺得我EQ還不錯，這種事情也沒啥。但男人在外面，總是需要面子的，何況是一心一意景仰他、忠心耿耿的舊屬。若我找他又吵又鬧，像什麼樣子？為了老婆斥責死士，周顧以後怎麼在外面走？那就不英雄豪傑了。

我可以不懂這種微妙的心理變化，但不能不替周顧顧全面子。

聽了我的解釋，他更鬱悶的吃飯，「……我不要當什麼英雄豪傑。他們不能不尊重妳，妳是我的髮妻！」

「個性決定命運。」我嘆氣，小心的哄著，「算了，你就算要發脾氣也委婉點。別讓人說娶妻不賢，好不好？那是你的舊部、兄弟。我是鄉下人，不懂禮數，也不喜歡講禮數。別因為我，寒了兄弟的心。」

說完，我也嘆氣了，跟著鬱悶起來。「我擔心的，不是他們對我有沒有禮貌……」

咬著唇，我還是硬著頭皮把我思考過的那些說給他聽。我不喜歡欺來瞞去。再說，我也想知道他真正的想法。

他一臉古怪的看我，「若是真的呢？」

周顧是條牛，撞了南牆也不回頭。我又嘆了口氣。「把腦袋別在你腰帶上唄，我是不喝獨活湯的。但是將來我不去你後宮，叫我看你跟大群漂亮女人卿卿我我……我還是回來種田舒服。但你要罩我啊，田賦我是不交的，也不能讓縣令欺負我。」

「讓妳就這麼點大出息!?」周顧喝道，「想鑽空子撇了我？休想！」

他很不客氣的喝光那鍋冬瓜蛤蜊湯，我只喝了一碗。

「不會有那天的。」他拍拍我的頭，「我比較喜歡妳的腦袋好好的擺在脖子上。」他拉了拉我的頭髮，匆匆的走了。

我不知道他對憤青們說什麼……但以後憤青們看到我，恭敬得令人難受，只差沒有三跪九叩，而且態度自然，完全發自內心的誠服喜悅。

……我知道周顧很會拐人，但沒想到如此會拐人。想想還挺可怕的。

只是呢，他雖然擺明了絕對不會讓人「黃袍加身」，但英雄豪傑卻不是說不幹就能不幹的。

那年夏汛猛烈，衝垮的不是數縣的河堤，也不只是十幾萬的性命。這是旱澇連連的朝廷，駱駝背上的最後一根稻草。

原本剿撫並用，平息下去的民變，終於耐受不住的大爆發了。逃荒的流民潮一變成為流匪，毫無預兆的揭竿而起。雖然周顧的情報網先傳回消息，但情勢變化得太劇烈，安樂縣城已經被包圍了。

自從三年前的兵災之後，手上但有餘錢，就花在村寨上頭。雖然比不上安樂縣城的規模，但想攻打村寨的土匪，必定要付出重大代價。而且我們目標實在太小，也不會真有大股流匪跟我們較真。

說起來，我們若關寨自守，三五個月沒有問題。

但安樂縣城就難說了。一城近十萬百姓的生命啊！

我知道周顧看不下去，我也……看不下去。

或許我對他的信心很盲目，但他對我的信心也很盲目。所以我這不懂軍事的小女人在遍地流匪的村寨裡看家，他集合村勇，帶了三千人馬馳援安樂縣。真的是……兩個笨蛋啊！

但我真覺得驕傲。我的「良人」，名副其實。

＊　＊　＊

時人皆知，隨州皆貧，獨富安樂。

在我看來，安樂縣城發達得有點畸形了。最近的濱水碼頭離安樂縣得趕馬半日，年年淤塞，舟行不便，不利商行……但安樂縣城已經有了商業大城的雛形。

說起來，舟楫不算順，產物也沒什麼特色。但商人都往這兒擠，成了一個南來北往的集合地。外地的百姓都說，守下安樂縣的盧縣令雖然年輕，卻是個好官，真正的青天大老爺。除了朝廷要收的稅捐外，沒加過一毛錢。對行商也意思意思徵點過路費，不像其他州縣那樣活活剝個幾百層皮。

但商家對他有禮數，對「安樂曹家」卻異常尊敬。據說曹四姑是神農氏之女轉世（……），招的上門女婿前生是陶朱公（……），一農一商，在遍地旱澇的關內州縣中，只有隨州安樂縣不但富餘，糧食還多到能釀酒。

當然這些都是誤解。但這樣的誤解讓縣城的土地宅院漲到沒款，人口騰騰騰的往上漲。縣城裡頭的土地多半是盧縣令的……只能說傻人有傻福。那年鬧過兵災，不少嚇破膽的世家外遷，有些人家死了丈夫兒子，日子過不下去，只好賣祖宅。

這個大手大腳，只愛吟詩作對的敗家子怕擔虛邀人心之名，又看不過眼。咬牙賣了京裡的良田老宅，買了大半的安樂縣城土地。他沒念過經濟學，卻模模糊糊的知道人人爭賣會讓縣城房價慘跌，跌到一定程度就會民不聊生。他不懂為什麼會這樣，卻知道房地產經濟不能崩潰，硬著頭皮出面救市回穩。

沒想到兵災過後，安樂縣沒有衰頹下去，反而日益繁榮。他靠出售房地就賺個缽滿盆滿，日子過得頗為和美。

周顧對盧縣令非常滿意，滿意到還出手幫他整治轄下的刁吏。而周顧最擅長冷水煮青蛙，他不動聲色的聯合縣內地主，只要縣衙貼出收稅捐的告示，就由曹家統一負責運送，主動交到縣裡。連那自耕自種的小農民也被他拉進來，繳稅有困難的，由曹家先借出，收成時再還，利息非常的低。

這是從根本上斷絕刁吏上下其手的機會，明裡踴躍，暗裡擠兌。後來連商人都醒悟過來，不讓刁吏有上門收稅打秋風的機會。那些刁吏想使絆子，卻被周顧使陰招栽贓嫁禍、東窗事發……可說三十六計用遍。

油水太少，惡役刁吏只好灰溜溜的求去，只剩下一些年輕還有抱負的，和一些穩重持事的積年老吏。當中甚至有我莊子上識字班裡頭的高材生，在地人治在地事，盧縣令樂得無為而治。

再次證明周顧冷水煮青蛙的腹黑才華。

他常說，對於枉顧國法的人不用堂堂正正，對君子卻不可不禮義相待。盧縣令的確不太會做事，但胸襟開闊，人品高潔，有惻隱之心。最重要的是，完全不會嫉才妒賢。

因為共同守過城，盧縣令和我們交情很好，和周顧詩歌酬答，卻也對我很尊重，不以尋常女子待之，我和縣令夫人感情也不錯，大約是那幫官太太裡頭我最喜歡的人。

正因為私交甚厚，安樂縣被圍，周顧和我絕對是不能坐視的。盧大人在當主簿時就誓言與城共存亡，何況現在是一縣的父母官？

我看家的時候，心底就亂七八糟的回憶這些。

天可憐見，我讓周顧薰陶這麼多年，一點軍事才能都沒發芽。幸好他把那個書生范秀留下，不然我還真不知道怎麼辦。

到這時候，直屬我的有五個莊子，都已經蓋起以土石為主的村寨，我代管的村子雖然沒這麼豪奢，卻也用原木搭蓋起來，還能堅持幾天。

我以為守寨就是關緊門死守，原來不是這樣。託賴我一時興起的信鴿事業，麾下諸莊都有信鴿往來溝通信息。范秀應該是很懂兵的，他用幾百人幾乎拖死一盤散沙似的流匪。一寨被攻，鄰近諸寨一起來援，打散還沒集合好的流匪，很讓他們吃了苦頭。

流匪只好過寨不拔，鄰近的陳州卻遭了殃。

我知道的也很含糊，范秀不太愛跟我說話。這些還是輾轉傳說的，基本上，我對戰事還是有點糊裡糊塗。

當中只有一次比較危急。范秀出去援救附近的莊子，卻有一隊幾百人的流匪帶著簡陋的雲梯來攻。

我不懂怎麼守城，只能抓著一桿槍，在城頭坐鎮。寨破也是死，還可能受辱而死，那還不如好好的看家。

畢竟我管了十年的家，這些村勇有的是我從小看到大，習慣了我的管頭管尾。既然我不願偷生，可能是被制約的村人也就隨我拚死。我只中了一箭，就把莊子守下來了。

其實都是村勇的功勞，我也不過就是挨了一記流箭。但范秀看我的神情就變了，顯得更恭謹、更愛戴，讓人很不舒服。甚至日後戰務都會跟我彙報……我又聽不懂。

每幾天我都會接到周顧傳回來的信鴿。除了重要軍情，他會硬擠出幾個硃砂字給我，通常是「平安，勿念」、「涉險若此，待夫笞之？」等等。那幾個字我都要看很久，心底有些茫然。

習慣真是一種奇怪的事情。緊張的守寨我不怕，挨了流箭我除了「痛死了」也不怎麼驚怕。我最怕的是睡覺的時候。

明明我怕熱，周顧黏上來我都會叫苦。現在他在安樂縣守城，我卻覺得冷，怎麼樣都睡不熟。

我應該要告訴他，信鴿是單程的，要省著用，放一隻少一隻，不要為了沒有用的話飛鴿傳書。

但我想到的是，我們結婚不久，我一時興起，非要搞飛鴿傳書不可。實在是我受夠了傳輸信息的遲緩和人力浪費……其實我想要的是手機，只是那完全是徹底的天方夜譚。

周顧被我煩不過，跑去偷驛站的鴿子蛋。朝廷禁止民間養鴿，也就官方驛站養了幾隻罷了。

當初偷來的鴿蛋交給母雞孵化，結果有幾隻鴿子一輩子沒學會飛，差點被周顧活活笑死……

躺在黑暗中，我笑著，卻滑下了淚，差點流進耳朵裡。

這個時候，真的是很苦的，苦澀而害怕。

我無意間聽到范秀評價我，說我冷靜自持，榮辱不驚，法度森嚴，態度從容，頗有巾幗之風。

其實根本不是那樣。周顧要我看好家，我已經答應了他。他以國士鄭重待我，我當然得以國士身分回報之。而且，比起縣城，莊子壓力輕多了。

這些流匪互相串連起來，打算攻佔安樂縣城。范秀跟我商量，說他很納悶，因為攻下安樂縣也無用，無險可守，不像是個開國的好地方。

「他們不是要開國。」我淡然的說，「造橋鋪路屍無骸，殺人放火金腰帶。他們在等招安哪。招安總是要夠分量，以一縣為挾，招安的可能性就大多了。」

打得朝廷又痛又怕，只好坐下來跟他們談。而且，法不責眾。總不能把這幾萬人一起殺了。

范秀一臉驚疑，「可能麼？」

「等著瞧吧。」我輕嘆，「你瞧瞧朝廷裡都是些什麼人……連蒙古犯邊都有人主張議和。何況都是大明子民……」

「王爺不會讓這種事情發生的！」范秀憤怒起來。

我啞然失笑。范秀可能軍事上是一把好手，村子裡已經有人叫他小諸葛了。但他待人處事的角度卻很天真，憤青就是憤青。

「是呀。」我淡淡的答，「周顧一定在找機會。」沉默了一會兒，「希望別殺太多人。」

安樂之危經過一個月的堅持，終於告解。流匪潰敗，卻不是敗於官兵之手。流匪軍中爆發了大規模的瘟疫，病人上吐下瀉，我想是霍亂。

周顧抬回來時，已經奄奄一息。他黃瘦得厲害，臉頰凹陷，明明沒吃什麼，還是又吐又瀉。

這場瘟疫……是人為的吧？我開始後悔，不該跟周顧胡扯。我穿前很愛看醫學類的漫畫，我猜他把我的胡說都記在心底，知道霍亂可以通過飲水感染。他這不要命的傢伙，居然在醫學這樣不發達的時代，啟用了生化武器。

我知道一路哭不如一家哭。我也知道流匪勢大，我代管的莊子已經陷落了好幾處，自己名下的也被血洗一村。我知道安樂危如累卵，而朝廷是剿是撫還在爭論不休，周顧已經撐不下去了。

我都知道。

他不能不行險，我明白。但我不能讓他走，他還不能走。

深深吸了口氣，我將所有的人都趕出去，拉了絲帶當隔離線。鄭重的要他們將發病的病人都送來我這兒，要他們一定將水燒開才喝，絕對不能吃腐敗的食物，病死的死者一律火葬……

然後我逼周顧喝黑糖與鹽一起熬煮的米漿水。霍亂的死因通常是脫水與營養不良。我現在只祈禱漫畫沒有騙我，祈禱周顧練武的良好底子可以讓他撐下去。

他連酷刑都撐得住，不該撐不過霍亂。

周顧才三十六歲，他還是壯年人。

我晝夜衣不解帶的看顧他，孫大夫不顧我的勸阻，也進來和我共同奮鬥。值得慶幸的是，除了跟周顧一起去進行「瘟疫戰」的幾個幕僚也病了以外，疫情並沒有在安樂縣蔓延得太厲害。

當初周顧置下的酒莊，誤打誤撞的間接救了他的命。最少我們有烈酒可以進行消毒，而在我再三囑咐叮嚀下，孫大夫和助手都沒有過病。我那粗糙的米漿水，讓孫大夫改良過，有效太多了。十個病患，活了六個下來。

都是身強體壯的年輕人。

周顧的確是最危險的一個，但我說過，毀容、傷筋動骨的酷刑都熬過了，不應該跨不過瘟疫這個檻。

他脫離險境醒來的時候，黃濁的眼珠看著我。握著他剩皮包骨的手，我只想落淚。

「完了。」他虛弱的說，「讓妳換過尿布……在妳面前，我再也沒有為夫的尊嚴了。」

舉臂要打他，扯動箭傷，我痛叫一聲。我沒哭，周顧卻把臉轉開，怕我看到他頰上的淚。

第九章

入秋以後，疫情漸漸減緩。

安樂縣這次的瘟疫死亡人數，遠不如死於兵災的人。而死傷最眾的，是駐紮在野地喝生水不注意衛生的匪軍。居住既密，瘟疫爆發起來就越集中猛烈。不知道如何應對，死亡數字節節升高。

反觀安樂縣和附近莊子，我這十年來的嘮叨終於有了成效。喝開水、飯前洗手、注重食物保存，都是很簡單就可遵守的生活守則，但對防範疾病卻是非常有效。

即使如此，安樂縣還是死了幾千人，死於瘟疫的約五六百。匪軍傷亡過半，被姍姍來遲的官軍輕鬆擊潰。

當然這個數字卻比朝廷以為的少太多了。我想在史書上應該只有短短幾個字，卻寫不盡那許多血淚。

那陣子，我眼睛沒乾過。我承認，我自作多情，把整個安樂縣看成是我的。雖然派了莊頭主持各莊，雖然大半都是託管在我手底。但那些都是「我的莊子」，裡頭都是「我的人」。

周顧病成這樣，我走不開。但我天天聽到哭聲，卻沒辦法替他們作什麼，只能髮間別孝，聽倖存的莊頭來報，跟著哭。

三年的心血又付諸東流。周顧帶出去的三千村勇剩不到一半，多數成殘。我名下的莊子被屠了一處，像是剜了我的心。

周顧病得骨瘦支離，原本痊癒的舊疤疊新傷，二十幾處刀箭傷，加上重病，他能活著真是奇蹟。

每天幫他上藥我就想哭，他痛哼一聲我就掉淚。真沒想到一個人可以瘦到這樣，我都抱得動他，我這個時候才為時已晚的怕得不得了。

「妳是抹藥呢，還是抹鹽？」他悶悶的說。

「什麼鹽？」我哭著問，腦袋昏沉沉的。

「妳一哭，我心頭就痛。不是抹鹽是什麼呢？」他轉頭不看我，「種妳的田去吧，妳不適合當酷吏。」

我想打他，但居然無處下手，只能狠狠地拍了兩下床，咬著衣袖，拚死命忍住淚。

「……手臂還疼麼？」他的聲音虛弱，「留了傷疤怎麼好？」

他一定是故意的，絕對是。我都這樣忍耐了，他還招我。我撲上去，又不敢壓著他，只能死死的咬住他的衣襟，不住吞聲。

我滿腹怨氣，卻不知道該怨誰。我想還是彎弓射天，問問這個賊老天到底想怎麼樣，折騰夠了沒有。

那年冬天，周顧非常難熬。他病脫了形，幾處刀箭傷非常嚴重，癒合得很慢。稍不注意，就會感冒，整夜滾著燒。我怕得很，晚上都抱著他睡，常常驚醒，偷偷探他的鼻息。

但莊子的撫卹和後續都要執行，還有幾十處的鋪子要打理。屋裡一個重病的病人，屋外一堆等我主張的總管。幸好周顧的舊部幫手，不然不知道要亂到什麼程度。

只是，我不敢喊累。我稍微露出點累樣，周顧就會鬱鬱寡歡，飯也吃不下。久病難免悲觀，我懂。但他只要還能在我懷裡呼吸，說真的，其他都可以不計較。

一直到開春，他的身體才漸漸好些。只是依舊瘦得可憐，穿著長袍像是要隨風而去。他失了太多血，又病得瀕死，嘴唇都褪成淡淡的櫻色，連燒傷都淡了。

奇怪，我明明沒跟他交換婚戒。人說婚戒套著食指，圈著通往心臟的血管，所以心意相通，會為對方心痛。

但沒有婚戒，我的心，卻痛得這麼厲害。

他以前是那麼生氣蓬勃，從容不迫，總是胸有成竹的樣子。但現在……他很容易倦，畏冷。只是他稍微好一點，就招幕僚議事，我不滿的嘮嘮叨叨，他卻只是笑。

「都開春了。」他溫柔的說，「躺過一冬又半秋，還賴在床上好吃懶作……有這樣的上門女婿嗎？」

我變色了，卻緊緊的壓著怒氣，只是把臉別開。

周顧拋了筆，握住我的手。「薛荔，我是說笑。我怕妳累著……妳都憔悴得不成人樣了。」

「老了。」我憂鬱的說。

「亂說什麼？」他輕輕呵斥，「小孩子家的，什麼老不老？那我呢？半截入土了？」

「我不嫌棄你就是。」我哽咽的說。

他深深的看著我，拉我到他懷裡。怕壓痛他，他卻把我抱到大腿上。可憐見，瘦得大腿都沒肉了。什麼落後的時代，破爛的醫療品質！

「瘦成這樣，讓妳多吃幾口像要命。」他摩挲著我的背，「看著妳這麼多年，怎麼沒看出妳這麼倔？我想妳是個寬心的性子，哪知道妳認定了人，就倔得沒邊了。」

「……後悔也來不及了。」我悶悶的說。

「我看了妳兩年，才開始考慮呢。」他輕笑，「那時妳總是懶懶的，像隻貓。滿腦袋跑馬，想的說的都沒邊沒際，成天騎著驢子亂跑。」

我的眼淚大滴大滴的落下來。我十二歲遇到周顧，到如今，我也二十二了。愛不愛的倒難說，但他真是我唯一的親人。兩世為人，我終於可以放心的依賴某個人，知道他會回頭看顧。

我會這麼害怕，是因為我明白，再也不會有第二個周顧，認認真真的當我是親人。

「我病這麼久，讓妳很辛苦。」他輕輕的說。

我搖頭，「是你好性兒，我粗手粗腳的，成天哭，你也沒煩我。」

他將我垂下來的亂髮掖到耳後，輕輕的吻我的鬢角。我反身抱住他的腰，心底模模糊糊的感到安心。

我一直以為我很獨立，沒想到並非如此。

周顧大好，還是仲夏以後。他還是容易倦，但已經養出一點肉了。不然兩個都瘦得鎖骨突出，擁抱的時候互相硌得慌。

孫大夫被我煩不過，大喊大叫的說，周顧死裡逃生，必有後福。他底子好，只是如此重病、傷及根骨，得好好將養幾年，不得輕勞而已。叫我不要天天愁眉苦臉。

「周爺沒事，我都快有事了！」孫大夫大喊，「我都快煩出瘋症了！天爺喲……」

周顧噗嗤的笑出來，我滿臉通紅。

漸漸的，我比較肯外出了。畢竟還有整籮筐的事情等著我辦，百廢待興。等朝廷？開玩笑，等朝廷來賑濟，還不知道是三冬五年後了。

……我發現，我也走上了憤青的道路。

但我的確對朝廷很失望。盧縣令不適合當親民官，當個大學士倒好。但他雖然不適合，大節上卻不含糊。兩次守城有功，可以愧死那票見匪即逃的州牧。

上回讓他主簿升縣令，這次卻只有言語嘉獎，連銀子都沒有，賞罰無度到這種地步，什麼鬼政府？

不賞他，卻賞我。雖然說我和周顧都不希罕虛名，只求個心安而已。但盧縣令讓我們求了又求，終於這次瞞下來沒報上去。朝廷不知道在搞什麼，硬要我去縣城接旨領賞，真是莫名其妙。

「朝廷顢頇又不是一天兩天。」周顧半閉著眼睛，「那人……心機深沉卻手段迂闊，志大才疏。當個太平時代的皇帝還行……也是他攤上了好年頭。」

我不知道周顧會這樣評價皇帝。古人不是都把皇帝看成天麼？

「妳就去吧。」他笑笑，「雖說百兩黃金不怎麼看在眼底，多少貼補點零頭。瞧妳這樣貼補莊子，竟不是掙產業，是給自己掙累病呢。」

我不服氣，卻找不出話回，只能哼哼。

「放心賠，」他不依不饒的雪上加霜，「賠淨了，我拿我的產業給妳賠。賠到妳甘願，手軟了⋯⋯」

「夠了夠了，越說越有樣子了！」我跳起來，「我走了，記得吃藥！我很快就回來⋯⋯」

我落荒而逃，他在背後笑得很歡。臨走前，我抓了本謄抄過的《農略初稿》。我想著，接完聖旨，就把這本書送給盧縣令吧。他年輕有才華又有氣節，不該卡在安樂縣不上不下。讓他往上獻農書，若是皇帝高興了，刻印付梓於天下，他不但能升官，說不定能因此抗荒有成，兵災也能免了。

但我沒想到，事與願違。

那天我去縣城接聖旨，卻不是打賞。那些華麗駢文聽得我頭昏腦脹，盧縣令低聲解釋給我聽，說皇帝聽說曹氏治田有功，宣曹氏和夫婿進宮晉見。

我腦門轟的一聲，連聖旨都忘了去接。那個宣旨的太監慈眉善目，此刻看起來卻比青面獠牙還可怖。

「⋯⋯外子傷重，出門求醫了。」好半天我才找到自己的聲音，「此刻我也不知道他在哪。」

那個太監的眼神閃了閃，皮笑肉不笑的，「那也太巧了。」

「可不是。」我試圖鎮靜下來，「病足了大半年，幫著守城負傷，又染了瘟疫，一直都不大好，我也很焦心。」

太監都沒怎麼為難我，只說他要親自去請，要我留在縣衙等他。

等宣旨太監帶著人馬走出去以後，我衝進縣衙的後院……安樂縣的信鴿就藏在這兒，對外都說是菜鴿。我只來得及寫一個「逃」字，就放了鴿子。

盧大人臉色蒼白的看著我，卻沒有阻止。

「……周先生到底是什麼身分？」他忍不住問了。

我擺手，「你別知道，知道只是一身麻煩。」

他的臉更慘白了。但他兩道劍眉攏起，發了書生意氣，「四姑，妳走吧。有什麼事情，我擔著就是。」

我瞪著他，「盧大人，今天是熱了點，沒熱到中暑吧？我怎能走？你這麼一大家子，身家前程，你熱出病了？」

他更執拗，「什麼話呢？就你們夫妻懂義氣，死都不怕的來守城，不准我懂義氣？把妳騙進來，絕對不是什麼好事！妳別添亂……」

「我才要你別添亂呢！」我高聲，「盧大人，我心領了。但普天之下莫非王土，我能逃去哪？現在奉旨進宮，我又沒幹什麼事情，問個幾句就完了，說不定還有個好結果。我若真逃了，那就是抗旨，只能等死了！你別怕，不會有事……」

「那妳又讓周顧逃呢？」他質問我。

「我都聽到聖旨了，跑不掉。他又沒聽到，不算抗旨。」我辯解著，「……他也不能出現在皇帝面前。」

盧縣令倒抽了一口氣。

我看他那麼惶恐，反過來安慰他，「別怕……只是將對你不住了。」

「妳和周先生待我恩重如山，有功於社稷，是我對不住你們！」他激動得幾乎要哭。

我嘆了口氣，文人感情豐富，就是愛哭。

我把《農略初稿》拿給他看，「本來是要給你的，讓你獻上去，說不定可以當塊敲門磚、墊腳石，你才華洋溢，不該屈居在這小地方……」我很感傷，「只是現在不能了。我此去吉凶未卜，必要的時候得靠這本書免禍。真是萬分對不起你……」

他拿起來翻了翻，沒想到真有人可以一目十行，非常傳奇。原本焦慮的面容安穩了些，掉了淚又笑了，「四姑何必如此？太過言重！我父獲罪於天，身家平安已是萬幸，哪裡敢想升官？這書妳謹慎放好，若能普行天下，莫大功德，皇上聖明，必能赦免。」

我暗暗歎了口氣。這書拿來保我自己一命說不定可以，要拿來保周顧恐怕分量不足。周顧沒什麼罪，唯一的罪就是皇帝想弄死他。

這罪在封建社會真是大得頂天了。

害怕？憂愁？都有一點兒。但我只要想到周顧沒事，就覺得心安。我想他那麼聰明，一定可以看透關節，知道我只是有驚無險。

只是他身子骨還不太好，出了這事兒，不知道會不會又添些疾病。想到這裡，我才真的坐立難安。

宣旨太監拉長著臉回來，冷冷的吩咐盧縣令尋找周顧的下落，「請」到縣衙。他要先帶著我回去覆旨。

我想他心底一定悶透了。不知道消息是怎麼走漏的。不知道是他聰明還是皇帝聰明，曉得不能打草驚蛇，若是宣我和周顧，我們大概馬上拿起腳就跑個無影無蹤。先把我扣在縣衙，願意同往就不費手腳，有推托就可以上門拿人。

沒想到一隻信鴿就改變這種算計，可憐到現在還茫然無覺。

我乖乖的上了馬車，第一百零一次詛咒文明古國幾千年文明，連個避震器都發明不來，是何道理。

顛幾個時辰，我就吐了幾次，難受得想哭。宣旨太監倒沒苛刻我，途中停下好幾次，讓我吐個痛快。

當夜到了州城，一隊送葬的和一隊辦喜事的卻在大道上起衝突，高聲叫罵，堵住道路。宣旨太監氣得大罵，但鄉下人不懂官威，挺著腰子和他對罵，場面混亂而好笑。

我正掀開帘子偷看熱鬧，冷不防被拉住了手。

正要發怒，那個帶著斗笠的人抬起他的臉，一半俊美，一半燒傷。

「你……」我又驚又怒，「幾十里呢，什麼身子……」

「快走！」他低低的說。

「不成！」我嚴厲的拒絕，「本來不會有事，走了反而事態嚴重，難道你不知道……」

「我知道！」他輕輕的呵斥，聲音卻有太多情緒，「但我無法忍受。」

我看著他，正好和他的目光碰個正著。我像是被雷劈中了，一整個顫抖。

這個人……這個人。我和他相識十年，同床共枕也三、四年。幾乎須臾不離，同行同止。我們很少說什麼情話，就算說也是打趣的成分多。說得最多的是收成、鋪子的生意、識字班……想起來都是很無聊枯燥的話題。

他沒給我畫過眉毛，我也不曾舉案齊眉。

古人不懂什麼愛不愛情的，我和他在一起非常安心。他也不是因為愛上我才娶我，而是覺得我的心性和他合得來，觀察了幾年，心機的半推半就。

我以為，我們會一直像對朋友似的夫妻，沒什麼情感上的風浪，愉快的過完這一輩子。

我真的這麼以為。

但現在……現在。從內心湧出的不捨和甜蜜是怎麼回事？我又快樂又痛苦，心臟被掐得緊緊的，呼吸都有點困難。

怎麼辦？怎麼會這樣？狂戀然後厭倦到相敬如冰，我倒是聽說很多案例，自己也有所體會。但從朋友到夫妻、親人，到頭湧出戀愛，又是搞什麼鬼？

他的眼神有震驚、疑惑、恍然，又到煩惱、狂喜，我想我好不到哪去，應該一副見鬼的樣子。

此後我再無自由了。我模模糊糊的想。我真是不長記性，跌倒那麼多次，又在相同的地方跌倒。

我白癡到結婚這麼多年，愛上自己的丈夫。智商有嚴重缺陷，恐怕無藥可救。

他咳了一聲，使勁握緊我的手，「不成。我心痛，我不能忍受。」

我也用力握住他的手，「我也痛，但不成。你不活，我也不活。給我們條生路吧。」

騷動漸漸平息，時間不多了。

一咬牙，我拔下幾根頭髮，痛得我眼底含淚。「拿去。我連塊手帕都沒帶……我以為很快就可以回家。」

「薛荔！」他低聲痛苦的喊，我的心瞬間碎成玻璃渣。憒青過來拖他，他卻死死的攢著我的手，我也用力，手應該很疼，但我心更疼，快發心臟病了。

「養好身子，等我回來。」我瞪著那幾個憒青，「連個人都拉不開，給你們薪餉是幹嘛用的？快護你們主公走！」

他掙開那些憒青，揮匕首斬了一股青絲，塞到我手底。咬牙切齒，「他放妳就罷……不放妳，我就將這天下翻過去！」

握緊了他的頭髮，我含淚點點頭。憤青們半拖半拉將他帶走，我看他走路還有點不穩。這種身子，是怎麼騎馬趕路的？該死的周顧，腹黑就該心黑，幹嘛這樣？

握緊他韌而滑的頭髮，我捂緊了嘴，低低的哭了起來。

我考慮是不是該寫遺書，要他別死心眼，好好活著，萬一我死了，忘了我。但我是那樣自私……就是不想這麼寫。

心底亂糟糟的，五味雜陳。即將面對皇帝的恐懼，遠不如面對我和周顧的新發展。

當天在州城過夜，照了銅鏡，我的臉色真的很難看。

不過吐了一路，蒼白疲憊、眼泡紅腫也不怎麼顯眼。幸好我的身分是商家婦，所以沒安排什麼服侍的人。連馬車都極為樸素，也不與宣旨太監同車。不然別說還能跟周顧見上一面，想藏起心思更是千難萬難。

我本來就是懶得藏心的人，周顧都說我七情上面。做人實在太苦，我學來學去都沒怎麼學會。

若是我夠理智，或許該好好想想怎麼跟皇帝應對，但我心底亂糟糟的，眼前都是周顧。

那天我到天快亮才勉強打了個盹，卻又因夢哭著醒來。

我沒夢見周顧……夢這種事情就是不受控制。倒是夢見分手很久的，最了解我的那個前男友。

但我想要想起他的姓名，怎麼都想不全。我只記得我都喊他阿鴻。

我夢見和他分手那天，他抱著我大哭，像是被甩的人是他不是我。大悲無淚，我死氣活樣的問，「為什麼？」

他人高馬壯，籃球打得很好。完全是個陽光俊朗少年……有人說他像陽光版金城武。但這時他的陽光都被烏雲遮住，他哭著說，「突然就不愛了……不，應該說，我早知道會有這天……妳無須任何人就能活得好。妳是殷晚玉，殷承治的女兒……妳將會是他最得意的兒女……」

那時的我，只覺得非常憤慨。我跟他曾經是小學同學，後來是知己。他知道我所有的一切，包括複雜荒唐的家庭，聽我泣訴過從來沒讓人知道的家庭苦痛。

或許是對家庭的絕望，我國中就開始交男朋友。屢敗屢戰，屢戰屢敗。每次失戀都會跟他哭，他總是一臉啼笑皆非。

等我們都上了大學的時候，他又聽我哭訴失戀，問了我，「晚玉，妳到底想交怎樣的男朋友？都換半打了，找個好的定下來吧。」

「是我不想定下來嗎？」我大怒，「我只是想找個個性穩定、彼此尊重的人，可以牽手去超市買東西。可以各自看書做事，不發一語，卻還覺得親近快樂。這很困難嗎?!」說著我又哭了，「是……真的好困難……」

阿鴻似笑非笑的說，「晚玉，怎麼聽起來這人很熟啊……」他瞇著眼睛靠近我，「該不會就是我吧？」

後來我們在一起，渡過整個大學生活。但他當完兵也跟我一樣在爸爸的公司上班，沒幾個月我們就分手了。

我曾經以為，他是因為我胸無大志，不像他總要成功立業。我也曾頹唐的想過，因為我的家庭太複雜，所以不堪為佳侶。

但在夢中，我突然領悟到，為什麼他要跟我分手了。

我比他早進爸爸的公司，當時是我異母大哥在主持的。但我在任何職位，都不會待太久，在一個龐大企業裡頭不斷的漂泊。

我是個擅長做事的人。

這倒不是自誇自傲，而是事實。我擅長把紛亂的事情理順，很容易就可以看出哪裡糾結。我剛進公司，公司就出了大事。倉管部不知道為什麼，全體辭職了。而這個最不起眼的小單位，卻一日不可停頓。

我被大哥塞到原本有二十幾個人的倉管部，手下一個人也沒有。我只花了三天看帳問問題，第四天就能正常收料出貨。一個月後，我手下五個人，就比當初二十幾個人的倉管部效率高，士氣也好。

我對自己感到很驕傲。一直嚴重缺乏歸屬感的我，終於在工作中找到樂趣，我第一次有自己的地方，自己的人。

但很快的，我又被調到出了紕漏的會計部，被迫放棄自己建立起的制度和地方。後來我就成了救火隊，哪兒有問題就填補哪裡的缺失。大哥很厭惡我，但我求爸爸讓我搬出去住，也在外工作時，他卻大力反對，還跟爸爸對吼，但他不讓我升職，也不讓我加薪。他不斷奪走我辛勤工作的成果，從不肯讓我在一個地方好好待著。

我覺得累，覺得失落。不只一次跟阿鴻抱怨。但跟我同公司的阿鴻，笑容卻越來越勉強，直到我調到企劃部彌補他犯下的疏失時，他就跟我分手了。

的確，我是個很會做事的人，但我從來不會做人。都過了這麼多年，兩世為人，到現在我才知道，他真正要跟我分手的原因。

因為我比他強，比他厲害。他的自尊心受損，他受不了。那個只會找他哭訴，什麼都要倚靠他的小女孩，卻在職場上輕鬆的打敗他。

我哭著醒來，迷迷糊糊的喊著周顧。那個一直縱容溺愛我的周子顧。他一直欣賞喜愛我的能幹，不會嫉妒，更不會打壓。

他的眼神，一直都很溫柔。一個應該瞧不起女人，傳統男尊女卑社會教養出來的古人，告訴我，他觀察我好幾年，喜歡我這樣的心性，喜歡我這個樣子。

我哭到天大亮，才勉強收住悲聲，梳洗以後，我冷靜下來。哭未必不是好事，最少洗滌了我的迷惘和恐懼。

拿出他的頭髮，我打成了一條細細的辮子，纏綁在銀釵上，紮進我自己的頭髮裡。摩挲著包在綢布裡的《農略初稿》，我開始動腦筋。

我說過，我是個很會做事的人。尤其是如此需要激發潛能的此時此刻。至此我沒再有絲毫動搖軟弱了。只有那天離開州縣時，州牧送了我一本詩詞抄路上看，宣旨太監翻了翻沒瞧到什麼異樣，就遞給我。

當中一頁，夾了一片茉莉花瓣。

那是重瓣茉莉，隨州不產，只有我家的活水池糖還種了幾棵。那是……周顧自己認定我是什麼花神時，親手種下的。

江南柳，葉小未成陰。人為絲輕那忍折，鶯連枝嫩不勝吟。留取待春深。

十四五，閒抱琵琶尋。堂上簸錢堂下走，恁時相見已留心，何況到如今。

這是周顧給我的回答。我沒有問他就說出來的回答。

就那麼一次，我在馬車裡淚如雨下，卻不完全是為了痛苦。或許痛苦與歡喜相依存，痛苦有多深，歡喜就有多狂熱。

之後我一直安靜、淡漠，再也沒感到害怕。

既然知道他的心意，我就再無所懼。我敢說，別說見個皇帝，就算他把三皇五帝都叫來讓我見，我也可以從容應對。

我可是小周郎定遠王的髮妻，不能讓他敗面子的。

第十章

進京前，我們在驛站過夜。

結果沒有永樂帝，建文帝也是遷都了北京。驛站這兒地勢高些，遠遠可以看到北京籠罩在暈黃的煙霧中，想來是塵土飛揚。

水土保持破壞得太嚴重了。

每每天一黑，吃過飯我漱洗後就準備睡了。旅途中讓我最感不舒服的是，不能痛快洗澡。周顧老惦記著我說過的浴缸，前年東問西問，我答得七零八落，他居然能靠那些殘缺的資料弄出個元寶狀的大澡盆，真有個塞子可以漏水，甚至挖了條水溝讓洗澡水排出去，設計一個讓大灶燒好的水可以流進澡盆的奇怪鐵桶，用個奇妙的閥門控制。

緊臨著灶的澡盆，廚房和浴室一體。周顧沒買過半件首飾給我，他送的都是一種寵溺的心意。

離他越遠，我越想他，也越能體會他從沒說出口的，點點滴滴的溫柔。

正躺在黑暗中，隨著宣旨太監的小太監突然來敲門，說有客想見我。

我心底轉過數個念頭，最好到最壞都想過。最後還是決定見了，既然我決定裝傻，那就堂堂正正的裝傻吧。

我穿上衣服，簡單的梳個髻，依舊素面朝天的走出去見客。

沒想到的是，來見我的是黃尚書。

現在他是戶部尚書郎了，幹得熱火朝天，皇帝很是倚重。我會和他認識，是他家的刁奴管家想搶親，後來讓周顧一封信告了狀，他親自處置，還遣人來道歉。後來我們在安樂縣第一次遭兵災的時候，共同守城，我管著後勤，黃尚書五十來歲的人，還帶著子弟來幫手，那時候開始，我們就親厚起來。

直到皇帝將致仕的黃尚書起復回京，還時有書信往來。他待我宛如平輩好友，患難之交，更雋永綿長。他和盧縣令常說我是女中豪傑，並不把我看成無知婦孺。

但他不該來的。

「黃大人！」我輕呼，瞥見跟前無人，我走近一步低聲，「你怎麼來了？快走吧！不是什麼好事兒……」

這個年代真正的讀書人，還沒失去銳氣，謹守著士大夫的氣節。他這個圓滑的官油子瞥了我一眼，「四姑瞧我不起？故人遠來，能不出迎乎？」他嘆息，「四姑，妳和妳家夫君真是一對錐子……」

我像是兜頭澆了盆涼水，最後的一點自怨自艾消失了。

是呀，錐之處囊中，其末立見。個性決定命運，我和周顧對這時代來說，就是兩把銳利的錐子，早晚會脫穎囊錐。我淡淡的後悔過，如果我願意安分守己，不管閒事，守好兩個莊子，就可以衣食無虞，早該自掃門前雪了。

但那樣的我，還是我嗎？那樣的周顧，還是我願嫁的周顧嗎？

「……知我者，黃大人也。」眼角噙淚，我微哽著說。

他搖頭嘆氣，「曹四姑，妳可知道始末……？」

我打斷他，「黃大人，根本沒有什麼始末。皇上覺得我田種得好，叫我來問問罷了。獎勵農桑，是天子的恩德。哪能有什麼始末呢？」

他怔怔的看著我，「四姑！」

「就這樣了。」我斷然說，「黃大人，安樂縣雖然鬧了兵災瘟疫，所幸都還不太嚴重。貴府上下平安，老夫人雖有微恙，已不妨事，你不要擔心……」我開始說安樂縣的長長短短，就是不給他開口的機會。

我知道他想傳遞訊息給我，但這太危險了。而且我就是要什麼都不知道的去見皇帝，不知道就沒有破綻。

他猛盯著我，神情卻漸漸平和。「想當初，四姑才十幾歲的姑娘，臨危不亂，將一城糧草百姓打理得井井有條，章程分明。原本可惜妳是個姑娘……」他黯然片刻，「現在倒覺得幸好是個姑娘。」

我鬆了口氣，知道黃尚書懂了。

「黃大人，四兒遲鈍，臨事就忘危，總要之後才知道怕，早時過境遷。」

我起身送客，「還累您來探望。您是國家的棟樑，總要為國保重才是。」

他無精打采的苦笑兩聲，低頭尋思，神情一毅。「四兒，妳我患難忘年，實在待妳以女視之。老夫有意收妳為義女，妳可願意？」

我愕然抬頭看他。我上輩子是燒幾百噸的好香啊？運氣好到這種地步？盧縣令傻到想私放了我，黃尚書卻想用義父身分設法庇護我。

我低聲，「黃大人，我心底早待你如父，也不在名分上。同樣請您為國為家珍重。」

我不能讓他拿一家性命同我冒險。

我微微一笑，「別這麼緊張，不會有事的。您和盧縣令的盛情，我心領了。這事兒等我稟明夫君，再做商議如何？畢竟四兒已經出嫁，當從夫君。」

他勸了一會兒，我就是委婉的拒絕。最後他沒辦法，只能連連嘆氣的走了。

回房重新睡下，卻沒辦法闔眼。又是感激溫暖，又是發愁難過。我只希望皇帝不要那麼小氣，遷怒到關心我的人。

想想我這兩世，都算值得了。我這樣脾氣怪誕、放浪形骸，完全不會做人的人，家庭支離破碎，一路上走得跌跌撞撞，人際關係卻一直都很不錯。

總有一群人喜歡圍著我轉，阿鴻老愛笑我是黑聖母。我想是二十一世紀啥都不缺，卻缺個性。在一群個性模糊溫馴的同儕中，我那時而懶洋洋，時而暴怒好義的個性太衝突又太鮮明，即使最後消沉到遠離人群當宅女，還是有許多人與我為友，與我解憂。

來到這時代，除了周顧不離不棄，還有奶娘、曹管家，甚至還有盧縣令和黃尚書。

人能當到這個份上，可說是兩世皆不枉了。

就因為這樣，所以我更擔憂替人招災。

想了許久，我才朦朧睡去。睡夢中還不斷祈禱，希望關心我的人都能平安。

次日一大早，我們就進京了。宣旨太監把我安置在緊臨皇宮的一個小院裡，就回宮覆旨。

而急著把我召進京裡的皇帝，卻像是突然發了失憶症，就把我晾在那兒，一切供應俱全，還有兩個宮女伺候，我要求的東西很少有駁回的……除了剪刀之類的利器。天知道我只是想趁機惡補一下女紅，但她們不給，我馬上見風轉舵，改要求書籍筆墨，這倒是辦得很快。

我耐心等下去，越等卻越疑惑。我被晾了十天，隱隱覺得不對，但我不知道問題出在哪。直到十天後的滿月盈窗，我出了房門，在院子裡走走散悶。

宣旨太監離別時很抱歉，說這院子太小，請我擔待。我真不知道這些官人的眼光是怎麼長的……比板橋林家花園大一倍有餘，走得腿酸，還說是「小院子」。

再大點，我就得買條驢代步了。

正愴然對月，低頭一看，簷角站著條人影，和樹影交錯在一起。若不是晚風浮動，樹影跟著飄搖，我還看不出來那條不動的是人影。

裝著抬頭仰望星空，我猜是角度的關係，屋頂的人藏得極好。但總能看出一點不自然的地方，何況月色如此明亮。

人數很不少。我的心整個沉了下去。我終於明白，皇帝為什麼晾著我了。

我成了一個餌，誘使周顧自投羅網的餌。召我進京，本來就是個藉口。皇帝在賭，賭周顧會尋來。

我漫步了一會兒，覺得自己神情平靜下來，才慢慢的走回房間。我身後的宮女，走路輕盈，直似無聲。我猜她們也不是普通宮女。

皇帝，很了解周顧啊！

但我雖然不了解皇帝，不過，我跟一個皇帝似的人當父女過。我說過，我就是不會做人……或許不是不會，是不屑。我若把做人當成做事，也同樣可以做得很好。

我知道怎樣父親會喜歡，我相信皇帝也會喜歡。因為他們都是有強大權勢欲、好大喜功的人物。

我讓宮女多燒了三根蠟燭，抽出紙來，折出等寬的摺子，剛好容一行字。這年代是沒有格子紙的，只能克難了。沒這些暗摺，我就能把整行寫成四十五度。

一面磨墨，一面尋思，我用大白話開始寫奏摺。

我的字實在上不了檯面，但周顧說，字不好看沒關係，但一筆一劃要寫得清清楚楚，讓人一看就懂就行了。雖然他看我的字都會發笑，說行軍也沒那麼整齊。我的字很呆板方正，每個字都跟前一行的字對齊，畢竟我看了一輩子的印刷字。

我就這樣辛苦的慢慢刻字，完全不會之乎者也，徹底的白話文。這是我第一份奏摺——〈論粗糧之利、細糧之弊〉。甚至，我還附了一份標點符號表，說明我每個標點符號的意義和作用。

這是在企劃部落下的惡習。我很剛愎的認為，標點符號乃是文章的聲音表情，不但要正確使用，還要學會破格使用。我不是科班出身，我只注重結果。

我這樣要求以後，企劃部的案子被客戶打回票變少了，文案也更清楚明白、簡潔有力。

不管是哪一種韻文，我通通不會。我能打動人的，唯有我之前在企業裡漂泊時累積下來的經驗。

國家，也是個龐大的企業體。企業頂端的總裁，和封建社會的皇帝，實在有異曲同工之妙。

這份奏摺送出去後石沉大海，但宣旨太監親自前來，恭敬的要我喊他王公公就好。我到現在才讓他正眼看待。

這個反應已經很不錯了。我再接再厲，繼續寫奏摺。寫到第五份，王公公帶了一份謄抄過的奏摺回來，又收去了第五份。

我將那個謄抄過的奏摺打開，那是我寫過的奏摺總集合。不知道出自哪個大學士之手，字漂亮得應該裱起來才對。只是標點符號仿得彆扭。

皇帝批註的硃砂，密密麻麻，成了這個完美字帖最大的污點。

我鬆了一口氣。全神貫注的看了三遍，在皇帝的批註中標上數字，另外找紙寫了我的答辯。即使他罵我「離經叛道」、「一派胡言」，指責我「婦人妄談國事，其心可誅」，我也耐著性子一條條的回了。

我不要當餌，這就是我的反抗。

皇帝一定要見我，見完了得放我走。沒有人當婊子還想立貞節牌坊的，皇帝也不行。

我絕對要在周顧忍受不了之前趕緊打破這個僵局，不要成為皇帝的那把刀。

就在我把右手寫到發腫，懷疑患了腕道炎……已經堂堂正正邁入我開始寫奏摺的第十二天。

那天午後，皇帝召見了我。

我沒有想像中的緊張，反而有些興奮和放鬆。或許將近一個月提著心，終於可以一翻兩瞪眼，是死是活，有個塵埃落定了。

所以跪在皇帝面前時，我只覺得腿很痠、膝蓋很痛，皇帝的衣擺是黃色的……其他還真沒去想。

畢竟靈魂裡，我是個二十一世紀的人。讓我見總統我大概只會說一聲「哦」，不會有多少感覺，比不上見到基努李維那樣欣喜激動。

皇帝又不是基努李維。等他長得有那麼好，我再尖叫發抖一下好了……前提是，先拍幾部好看又帥氣的電影。

他沒講話，沉默良久。雖然沒有抬頭，我也知道他在看我。只是我不知道他對我的頭頂這麼有興趣……我已經跪麻了腿。

「曹氏，」他冷冷的說，「起來回話。」

「謝皇上。」我掙扎著想站起來，才剛站直，就腿軟得仰天摔了一跤。

「大膽！」他身邊的太監喝道，「君前失儀，該當何罪?!」

其實我該說什麼「民婦罪該萬死」之類的。但我這麼大的人，猛摔這一跤已經感到羞愧難當，又被人罵，一時口快，我抬頭瞪那個太監，「跪麻了腿，又不是我願意的，你就沒有腿麻的時候?!」

「算了。」皇帝開了金口，「村野鄉婦，不悉禮儀也罷了。來人，」他淡淡的吩咐，「賜座。」

……這合規定嗎？我納悶極了，想想還是繼續扮演我的「村野鄉婦」，老實不客氣的謝了聲就坐在凳子上，只是依舊低著頭。

「看妳的奏摺，膽子很大啊……連朕的話都敢駁。」皇帝冷笑兩聲，「怎麼現在連頭都不敢抬了？」

「……皇上沒有允許，民婦不敢冒犯龍顏。」我小心翼翼的回。這是王公公教的，應該沒有問題吧？

他的眼神像是利刃似的射過來，我依舊低著頭，反正看不到，只好讓他著著落空。

「曹氏，朕許妳抬頭。」

當我很想看你？我在心底腹誹不已，慢吞吞的抬起頭。

那張臉孔，倒是意外的年輕。

我聽說他登基已經三十年，還以為年紀很老了。那把鬍子讓他加了不少歲數，仔細看就發現他面無細紋，肌膚光滑，雙目溫文中帶著凌厲。可說是這時代的美男子，放到二十一世紀也能充個文藝青年，演個人間四月天什麼的。

當然前提得先刮鬍子才行。

算到頂，他頂多才三十多歲。我才想起太后威儀無匹，曾經垂簾聽政。想來是幼君登位了……

他和周顧倒是差不多大。

皇帝的表情很失望，又充滿疑惑。那當然，我又不是什麼天仙美女，僅僅算是五官端正，沒什麼地方長歪了。一副愛睏樣，常常被誤解成和藹可親。

「那周……顧，」皇帝生硬的說，「何以抗旨不聽宣？」

「……民婦夫君未曾抗旨。」我仔細注意皇帝的神情，「他帶著村勇去安樂縣協助守城，受了二十幾處刀箭傷。一處最重，傷了肺腑，幾至垂危。

將養了半年多，一直不見大好，這才出門訪醫，錯過了聖旨……」

「是嗎？」皇帝冷笑，「那麼巧？妳到縣城聽宣，他就同日離家訪醫？」

什麼是破罐子破摔的時候，現在就是了。

「皇上果然英明，連這個都知道。」我不無諷刺的說，「那應該也知道民婦夫君曾遭歹人擄去，拒不從賊，大小酷刑加身，連臉都燒壞了半邊，早落下病根。來到安樂縣又兩次守城，疤橫傷縱，新舊疊加，竟沒有一寸好皮肉！民婦只恨家業無人看管，不能隨夫訪醫，實在憾恨無已。怎知世間巧合若此……」

皇帝突然騰地站起來，大跨步走到我面前，居高臨下，雙眼冒著怒火，「他的臉燒壞了?!」聲音高亢，隱隱如雷。

我有些困惑。皇帝不知道他的臉燒傷了？明明他關注著我們的訊息，周顧可從來沒掩飾過他的傷臉。

他這麼憤怒，惶急。難道說他沒參與綁架周顧的行動？但不可能呀……

周顧很少提及皇帝，甚至可以說避談。但他隱約的肯定過，皇帝對這件事情是有責任的。

「……是。回皇上的話，我夫君的臉孔據說被按在燒紅的烙板上，幸好他硬抬了抬頭，沒燒壞了眼睛……」

「出去！」他突然大發雷霆，「來人！把曹氏帶回去！」

第一次的會面，就這麼莫名其妙的結束了。

但我還是被安置在原來的院子裡，服侍我的宮女依舊恭敬，沒有逢低就踩。皇帝的失態，讓我更感到有點毛毛的。

我以為皇帝再也不想見到我，結果第二天，他又宣我進宮，變成和藹可親的溫雅君子，絕口不提周顧，反而對我獻上的奏摺反覆證辯。

之後日日如此，每天午飯後我就得進宮，到天晚宮門將關才被護送到宮外的院子裡。

這樣的結果，我很納悶。我旁敲側擊問我什麼時候可以回去，皇帝總是含糊不清的說「很快」。

我覺得皇帝跟總裁真的非常非常的像。暴風雪總裁也常說「very soon」，但每個人都知道，暴風雪說「soon」，表示起碼要十年，說「very soon」，大約需要個三年五載。

我不覺得周顧肯等三年五載，所以我乾脆把《農略初稿》獻給皇帝，並且告訴他，這只是初稿。若是能讓我回去繼續研究怎麼種田，將來的定稿說不定可以讓盛世無饑餒，何須耕織忙。

他逼視我，眼中有種貪婪的渴望，強烈的、對身後名的渴望。雖然沒有當場應允，但我知道皇帝動搖了。

他變得更和藹，更溫和，還邀我去參觀後宮（？），特別是養德殿，說他太子時代是在這兒過的。

雖然說這些讓我全身起雞皮疙瘩，誰讓他是皇帝呢？反正在宮裡逛，身後也跟了三、五小隊的人，聲勢浩大，倒不虞孤男寡女的問題。而且相處這麼段時間，我對承平帝有了基本的認識……一個非常複雜的人，最大的嗜好是自己在那兒糾結，大臣隨便說句話，他都要琢磨再三。

我覺得他心理素質算好的，居然沒被自己折磨出憂鬱症或躁鬱症。

但那些都不重要，最重要的是，他非常在乎自己的名聲。在乎到偏執的程度，做什麼事情都由將來史書如何評斷當準則。我要說，這是個腐儒狀態的大事業，先預祝他成功了。（反正有沒有成功他也不會曉得）

只是他帶我到養德殿的書房，指著一張椅子，「定遠王和我同年，朕六歲登基，他入宮侍讀。那時他還是小侯爺。」皇帝淡淡的笑，「他總坐在這裡，朕功課做不出來，他就得挨太傅的板子。」

他的眼中，流露出深重的惆悵、眷戀……移到我臉上時，突然變得冰冷，只是臉上還是笑著。「定遠王據說與妳夫婿容貌相仿。」

安樂縣離北京幾百里，為什麼皇上會知道？鄉人從沒人見過定遠王。

我心底掠過淡淡的悲哀。若是周顧知道，恐怕傷心莫名。

「啟稟皇上，民婦不知道。」我躬身回答，「因為我從來沒見過定遠王。」

皇帝的眼神銳利的在我臉上割來割去，活像要割下整張臉皮。幸好我臉皮鍛鍊得好，不喜歡不代表不會，我也懂「人不要臉，天下無敵」的真理。

沒看我說謊說得這麼理直氣壯？連我自己都相信了。

「曹氏，」他停下了徒勞無功的眼神凌遲，「很快的，妳就可以離開沁風院了。」

又是很快。我無聲的嘆氣。「謝皇上恩典。」

他笑了一聲，讓宮人將我送了出去。

第十一章

等我發現承平帝是個卑鄙無恥的傢伙，是我開始寫奏摺後一個月。

他下了道聖旨宣我進宮為女官，掌管御田，職位是司農吏。

歷代皇帝為了表達對農業的重視，開春都會親自開耕，當然早就流於形式。承平帝擴展御田的規模，並且模仿我在安樂縣時的實驗田，給我同樣多的人，意思就是要我在後宮繼續研究，想辦法完稿。

我怒不可遏，冷淡的拒絕這個任命，說自己才疏學淺，不堪重任。第二次來宣，我直言我是已婚婦人，不該在後宮行走。第三次不是聖旨，而是一顆人頭……實驗田的莊頭腦袋。

當怒火主掌一切的時候，恐懼就不見蹤影。

「恥為君父，枉殺子民！」我一把抱起那個腦袋，眼淚啪啦啦的掉。

王公公張了張嘴，「……四姑，還是請您奉旨吧。」他謹慎的說，「這刁民就是不奉旨才鬧得死無完屍……」

我閉了眼睛。我的人，我的地方。我保不住他們，終究還是要被連累。

「你跟皇帝說，」我張開眼睛厲聲，「容我安排後事，散盡家財，好無牽無掛的進宮……進宮後隨他紅燒清蒸，用不著自殘子民，不畏後世譏諷嗎？」

那天我寫了很多信。我名下的產業都按原本的責任制均分給佃戶，並且向官方購買他們的自由。又給各莊頭寫信，勉勵他們盡量把原本的制度維護下去，盡量的互助……因為官方非常的不可靠。

沒有我的庇護，沒有曹家的打點，他們手上的田留不久，不知幾時又會被兼併。幸好盧縣令是個好人，吏治清明，應該不會太苦。

看著用藥物保存的首級，我淚如雨下。這個憨厚的年輕人跟著我種了十年的田，大前年才升上來當實驗田莊頭……那時他多麼雀躍。

但他就是非常死心眼。我的實驗田，誰也不能碰，不管是實驗結果還是實驗人員。大概皇帝早就動了心思，整理御田的同時也去召他們，這孩子一定是不肯讓人帶走實驗數據或資料。

我在沁風院的院子裡掘了個坑，將他腦袋包裹著下葬了。人總是要入土為安的。

心底滿滿的填著怨毒。我從沒真正的恨過人，沒想到兩世為人，頭回恨的，居然是高高在上的皇帝。

對不起，我不是古人。我對「君要臣死，臣不得不死」一點認同感也沒有。我只知道兇手應該伏法，可惜封建社會的王法頂多到王子，皇帝高高的超脫在國法之上。

這種情形下，要我好聲好氣，認真工作，有困難。就算我享受著妃嬪待遇，服侍的人一眼看不完，華屋美服，我也面無表情。

皇帝在我入宮後第四天，親自到御田看我，我正荷鋤在田旁種下一棵槐樹苗。

「需要妳親自動手麼？」他騎在馬上，居高臨下的看著我。

「民婦本為農婦。」我冷冷的回答，「見過皇上。」

他眼光在我身上轉了轉，「沒腰帶給妳嗎？」

我穿著窄袖長服，腰間用疋布纏著，是江南民間流行起來的纏腰。坦白說，我會更換這種裝束，是因為一直貼心掛著的王璽無處藏放。我改將玉璽縫進腰帶裡，外面纏腰。

若是夠理智，我就該偷偷埋在沁風院。但若不是周顧的「羽衣」貼身，我不知道能不能撐下去。

「民間村婦都如此打扮。」我跪在地上，死死的低著頭。

他沒說什麼，聽到馬蹄遠去，我知道他走了。我還低頭好一會兒，確定自己不再露出怨毒的眼神，才站了起來。

後來王公公來傳皇帝口諭，把我這個司農吏傳去侍駕。

幸好不是侍寢。我心底冷笑。不想要絕子絕孫，最好不要動什麼歪腦筋。我可不是小周后，周顧也不是李後主！

阿鴻雖然混帳，但他說的沒錯。我就是一面鏡子，反映著別人如何待我。周顧憐我惜我，我就真心實意的待他。皇帝以暴虐示威於我，我就以更濃重的暴怒冷眼相待。

但皇帝卻對我和顏悅色，我頂多就磨磨墨，跟在他背後走來走去。因為我實在不會騎馬，他還讓人弄了匹驢子，好讓我跟在後頭。我聽說皇帝都乘轎，但承平帝卻很喜歡騎馬，不知道為什麼。

當然，那是去得遠了。如果只在附近，還是靠兩條腿。我想他鐵定有蘿蔔腿，成天這麼走，小腿肌肉必定發達。

我雖然懶散，但這些年也到處奔波，體力上還成。只是有點遺憾，當年整個心都撲在產業上，沒跟周顧學個兩手……好宰了眼前這個偽君子皇帝。

雖然不甘不願的來當跟班，我衣服倒是理直氣壯的非常跟隨鄉村風的流行。他有回突然問我，「曹司農，妳改裝纏腰，是為了解起來複雜嗎？」

……他媽的，你不知道總裁是不能對部屬性騷擾的嗎?!

我咬了咬牙，還是沒忍住，尖酸的回答，「這是為了替皇上省三尺白綾。一針一線當思民脂民膏，能省一點算一點。」

他逼視我的眼睛，我也毫不客氣的瞪回去。王公公咳了一聲，我才用盡力氣低下頭。

「曹司農倒是思慮深遠。」他冷笑一聲，「就認定朕不能給卿善終？幹！被你逼進宮就是倒了八百輩子的楣，還想要善終？緣木求魚懂不懂？不懂我借你一本《辭海》！

但因為不知道這朝代有沒有《辭海》，我強壓下滿肚子的毀謗，「臣不敢。」

「妳……」他彎下腰，在我耳邊輕輕的說，「妳真有把自己當成『臣』麼？」

我現在才知道，耳邊呵氣，因人而異。周顧使來多麼自然，惹得我臉紅心跳。皇帝這麼幹，我卻恨不得把耳朵剁下來，泡在醋酸裡仔細清洗。

很想回嘴或大罵，我卻只是低垂著頭，省得來來去去，還得回他的話。氣得發抖，臉孔漲紅。但我覺得皇帝眼色其差無比，必定有深度近視眼，並且病變到大腦結構裡頭。他眼神曖昧的看了幾眼我的纏腰，大概是誤會我羞澀動情之類。

我把牙齒磨來磨去，猙獰的抬起頭，好一會兒才緩和些。

後來皇帝待我就溫和得令人難受到極點。他帶我去看從小到大生長的環境，還故意提周顧的點點滴滴。我這才知道，周顧在皇宮裡長到十五歲，提前行了冠禮才離宮，沒多久就去了西北守邊，才有十六歲時的驚世絕艷。

若不是他提及周顧的過去，我還真一個字也不想聽他說。原來周顧小時候那麼調皮、活潑。名為伴讀，太后卻視如己出，說不定比皇帝還愛。

我眼前像是出現一個聰慧活潑的孩子，在宮廷裡長大，與小皇帝日夜相伴，被所有的人疼愛著。

小皇帝的所有歡樂都是由他帶來的，但所有的痛苦也都是他帶來的。

我突然想到我念女高時的兩個朋友。那對女孩都很漂亮，功課也好，像是一對姊妹花。她們好到別人都說她們是拉子，但她們倆都不在意。

只是，漂亮也是有高下之別，成績也是如此。但她們倆相差不遠，這說不定就是悲劇的開始。

年少好強，她們倆開始為了細故爭吵，爭成績、爭美貌，吵得激烈，幾天不理對方，又哭著互相道歉，親密的黏在一起。直到下次的好勝開始，又開始如此循環。

直到越吵越行越遠。等她們都上了大學，在同個學校，更反目成仇。互相搶男朋友，搶出風頭，出了社會搶升職，搶丈夫。多少次在馬路上大打出手。

但有回同學會，當中之一的女孩哭倒在吧台上，喊著另一個女孩的名字。只是一遍遍的喊，別的話都沒說。另一個女孩聽說了這件事，當場泣不成聲。

到我離開二十一世紀前，她們依舊對立，老死不相往來。

愛與恨，界線如此曖昧不清，交互糾葛。

我忍不住嘆了口氣。

皇帝敏銳的回過頭，「曹司農，何以故？」

我低下頭，思忖了一會兒，想到周顧偶爾鬱結難消的面容，我還是硬著頭皮問了，「我那夫君……曾被歹人所獲。百般殘傷，好好的容貌都毀了。但他從不掛懷，淡然泰然……只有一事深是鬱鬱。」

「……何事？」

深深吸了口氣，「他有一義兄，遠勝親生兄弟。從小一起長大，同行同止，親厚無間。不知為何，日後竟有疑於他……他傷心黯然的遠走他方……」我含糊了一下，「替他義兄看管北地產業。後他遭歹徒擄劫，逃得性命，卻寧可在我家當管家，不願回去，就是不想面對那些歹人是義兄所唆使的殘酷事實……」

皇帝沒有說話。

這個時候，我們站在御花園的澱海中。說澱海，事實上只是個人工湖。

不過波光粼粼，頗消暑氣。

剛皇帝正跟我說到，他八歲時失足跌入冬天的池子裡，定遠王跳下去把他救上來，兩個人都大病一場的往事。

「……妳夫君……一定很能幹。」皇帝短短的笑了一下，「周圍的人都巴不得把妳夫君和義兄換個身分。從小聽到大，不疑也疑了。他北方的產業……大概也做得比義兄的本業好吧。」

他背著手往前走，走得非常快，我得小跑步在後面追。宮女啦、太監啦，捧著巾帕、香爐、寶扇也得在後面小跑，場面真有點滑稽。

等他突然停下來，我差點一頭撞在他背上，幸好我往旁一跳，倒是差點害王公公摔個四腳朝天。

他轉頭陰鬱的看著我，「但朕想，人心都是肉做的。一起長大的情分非比尋常。那義兄絕對不可能唆使歹人去害妳夫君……還把他害得……」他緊緊地抿住嘴，額角暴起青筋。

我是滿想見好就收的……但我相信，我一定會再見到周顧，我對他有種盲目的信心。而我，想替周顧解開這個糾纏的心結。

「但我想，」我小心的看著皇帝的臉色，「他義兄應該知情，只是沒有插手而已。」

皇帝周身像是颳起大風雪，臉孔鐵青，揚起手，像是要打我。額角的青筋不斷跳動。

他終究還是沒有動手，眼神一陣強烈的憤怒和羞愧，「退下！來人，送她回去！」

默默的，我轉身走了。心底暗暗歎了口氣。

當一個天才的朋友，是件很苦的事情。而皇帝永遠無法陪襯著周顧……若他們身分換一換，說不定情況會好一些，有機會善始善終。

但一個心細如髮的小皇帝，和一個過度聰明智慧文武雙全，卻凡事不太在乎的小臣子，就是不幸的開始。

我相信，皇帝非常喜歡周顧，甚至可以說崇拜他。崇拜那個豐姿俊雅，出將入相，什麼都難不倒他的少年。但也妒恨他，坐立難安，永遠比不過，卻老是被人相提並論。身為皇帝的尊嚴，一定在他一天天長大起來的時候，越來越被不安和痛苦啃噬。

有多喜歡崇拜，就有多忌妒怨恨。人的心思，真的很複雜。

皇帝大概生氣了，幾天沒找我去，像是放大假一樣。不用伺候上司，多麼好。想想在職場真是苦，擔一個總裁女兒的名義，卻只有負擔沒半點好處。我反而要更小心翼翼的伺候上司脆弱的自尊心，還得挨一些只有虛名的妒恨。

果然生疏太久，現在要伺候一個上司就覺苦不堪言，放大假放得快樂萬分。其實我最想炒老闆魷魚，可惜我鍋小火弱，炒不動可以翻漁船的深海大魷魚。

但是六天後的夜晚，皇帝突然喝得醉醺醺的闖進來，睡得迷迷糊糊的我抱著枕頭發愣，只點了根蠟燭，剛驚醒又加上神智不清，我只看到帳外站著一個黑糊糊的影子。

濃重的酒氣，透簾而入。

坦白講，想當強暴犯也是必須佩戴兇器的，何況這深宮，唯一有兇器的只有皇帝。等那個醉得沒邊的皇帝好不容易撩開紗帳撲上床，早就悄悄站在床上貼著邊邊的我，趁機踩著他的後背跳下了床。

可惜這身子養了二十二年，依舊是個蘿莉款，一公分也沒長，能破四十公斤就得偷笑，天天喝的牛奶真的打了水漂了。可憐我還花大錢去北方買乳牛……

要不一腳踩死，多省心省力。

我手腳並用的爬起來，摸著一個花瓶，打算先敲昏（或乾脆敲死）皇帝，省得鑄成大錯。

哪知道跟著皇帝的那些宮女、公公七手八腳的繳了我的花瓶，還準備脫我衣服。幸好我連睡覺都纏腰纏得結實。本來是怕我自己睡掉了王璽，沒想到反過來保護了我的貞操。

「放開她！」醉得一塌糊塗的皇帝好不容易坐起來，邊打酒嗝，邊威嚴的怒喝，「是朕的……誰也不能碰！滾！通通滾出去！」

他們倒是從「惡」如流，退個乾乾淨淨，手上都是我屋裡零碎的擺設，除非我扛得動巨大的燭台……我記得西遊記裡小白龍化成宮女被妖怪拿那種燭台打跑過，可惜我不但不是小白龍，更不是妖怪。

「妳！」皇帝嚴厲的大叫，「妳不許動！朕……比子顧好……什麼都……」就跌跌撞撞的撲過來。

場面很驚險，問題很嚴重。但我卻有種想笑的感覺。

要跑贏一個醉鬼還不是太難，我跟他繞著書桌跑。人醉就沒理智，皇帝也不例外。他就傻傻的跟我繞著跑。

「皇上，你醒醒！」我對他大喝，「萬一起居注寫你強暴已婚女官，將來還想抬得起頭？」

「朕……把所有史官都殺了！」

我想幸好晚了，史官回家睡覺，不然恐怕會發心臟病。

「你這個心態我懂！」我一面跟他躲貓貓，一面大叫，「我以前有個男朋友很帥也很風流，結果跟所有喜歡我的女孩子上過床……她們以為這樣就可以跟我接近一點……」

「竟然如此無恥！」皇帝勃然大怒，「原來子顧是這樣的人！朕……會好好疼妳……」

「那人不是周顧啦！」太緊張了，所以弄巧成拙，「皇上，你不是想要我，你是想霸占周顧一樣心愛的東西，好讓周顧生氣難過！」

他終於停了下來，愣愣的，眼中流下兩行淚。

坦白說，這種心態我知道，卻不懂。跟阿鴻分手以後，我自暴自棄的和一個俊秀如女生的男孩子在一起，有些自我放逐的味道。但那個男孩子，不能說風流，而是下流了。當時我身邊還圍滿了喜歡與我為友的女孩子（時代缺個性……），那個男孩子就跟我身邊的女友勾搭，一個完了換一個，後來他主動招供，那些女生也都承認了。

那年我才二十五。

剛開始覺得天崩地裂、日夜玄黃，頹廢得立刻斷絕所有朋友，回家專心當宅女，沉醉於動漫畫和影集的完美世界，並且開始打電動。

沉溺了幾年，我漸漸冷靜下來，仔細回顧和檢討。不知道是什麼緣故，我很容易討人喜歡。但討人喜歡的我朋友眾多，每個朋友能夠分到我的時間就很少。友情這種東西在我身上特別容易質變，說來可能是我的錯。

雖然我不知道錯在哪，但讓她們得去沾那個下流男人才覺得跟我靠近些……我可能不適合有人際關係這回事兒。

後來又遇到幾件破事，我才知道友情原來也充滿占有欲……我更專心的蝸居，來到這個世界，我更專注的把心力都投在產業上，人際關係乏善可陳，沒再造成任何禍害。

直到今天，我才真正的體悟到，就像小男生特別愛捉弄喜歡的小女生，對某些情感不太成熟的人，「霸占喜歡的人心愛的玩具，讓對方生氣難過有反應」是合理的。

雖然我再投胎轉世兩百次也不懂，但是有這種現象的。

就在我以為危機解除，皇帝哭累了、睡著了就可以叫人把他扛回去，當作沒有任何事情發生時……

皇帝單手撐桌，跳到我面前，把我嚇得跳起來。我只來得及一閃，他用力扯住我的袖子，兩下用力，撕啦一聲，當場斷袖。

我結結實實的撞在桌角上……纏在纏腰裡的王璽發出清脆的碎裂聲。

周顧親手交給我的……「羽衣」。

可惜頭髮太長，不然我可以演繹「怒髮衝冠」的真正形象。而且我也是此刻體會到，雖然我不曾打過架，但頓悟了打架的精髓。

打架呢，就需要不要命。而氣得幾乎張口噴火的我，的確不想要命了。

我猜是腦漿被怒火沸騰，無法思考的緣故。

怒吼一聲，指抓口咬，拳打腳踢。我猜皇帝的酒都讓我嚇醒了，他也還手打了我幾下，卻如火上澆油。我模模糊糊的記得扯掉他不少鬍子，最後他終於想起自己有武藝，把我摜到玉柱上，左手臂一疼，我卻沒去想，一爬起來就衝上去舉起右手去抓他的臉。

他用力抓住我的手，眼神古怪的看我……的左手臂。我這才覺得左手臂的樣子有點怪……而且我的左手動不了。

「奇怪……」我喃喃著，巨大的疼痛衝擊而來，讓我全身都冒起冷汗，「怎麼會……」

痛得渾身發抖，我想要摸左手臂，但我前臂像是長出第三個關節，摸上去溼溼的。

後來我就不知道了。我想我是因為骨折，休克了。

第十二章

姑且不論是休克還是昏迷，總之我運氣很好的在大腦短路時，沒挨最痛的接骨。皇帝說，我像是死掉了，倒在那兒任人宰割。本來「意圖弒君」足夠我誅九族……一來是我沒有九族，唯一的親人是不知道身在何處的周顧，二來是皇帝羞愧難當（我猜的），下了封口令，立刻把御醫請來接骨療傷。

我昏了兩天才醒來，抬眼看到皇帝（差點認不出來），心底非常痛悔。這個時機真是壞到不能再壞。

「曹……曹司農，」他輕咳了一聲，「日後妳屋裡多上幾盞燈，也安全些。」

我用無限鄙夷的眼神刺了他一眼，虛弱的低問，「我怎麼了？」

旁邊的宮女（就是她搶走我的花瓶）乖巧的回答，「曹司農夜起喝水，沒有喚奴婢，跌斷了左手前臂骨。御醫已接骨完全，說日後可行動無礙。」

什麼叫黑幕？什麼叫睜眼說瞎話？這就是了！

皇帝吩咐所有的人退下，我警戒起來，沒傷的右手已經握成拳頭，牙關咬得緊緊的。

他立刻從我床頭站起來，後退到我打不到的椅子上坐下。

磨了磨牙，我瞪著他。大約被我揪去太多鬍子，他乾脆修了臉，一下子年輕好多，驟眼看，居然有點像周顧。

大概是在打擊範圍外，他端起皇帝的架子，面沉如水，從懷裡掏出一團手帕，展開來，我猛然坐起，然後哀叫一聲。我的手啊……

周顧親託給我的王璽，裂成幾片，像是裂在我心頭上。

「曹司農，妳還有什麼話說？」皇帝冷冷的問。

「沒這個你也知道了！」我對他叫嚣，「那可是……可是周顧給我的……定情物呀！」我放聲大哭，不是身上覺得虛軟，我想我就跳起來和他再次拚命。

皇帝怒聲，「哭什麼哭?!這是朕親手賜給他的！他在秦地開府造衙，是朕……」他露出痛苦和感傷的神情，非常無奈糾結。「……他給妳這個，是希望朕……饒妳一命。當初朕親口允他，這王璽比照丹書鐵券……」

周顧把他的免死金牌給我?!

皇帝沉浸在感傷中，神情卻漸漸陰鬱、忿恨。他將那包王璽碎片摔在我被上，「朕待他如此親厚，他卻拿邊患威脅朕！莫不是沒有了他，滿朝武將就打不了蒙古人?!」說完就甩袖而去。

明明是骨折，我卻全身都痛……最痛的不是手，反而是心。想到周顧待我如此，我卻什麼都不知道……忍不住哭了又哭，哭睡了醒來，眼睛腫得只能睜條細縫。

我狼狽成這樣，卻有人讓皇帝遣來了。

雖然早有預感，但看到范秀，我還是嘆了一聲。我倒希望是鍾會……但鍾會是武人，服從的是上級。范秀是舉子，念了一輩子聖賢書。他或許非常崇拜周顧，但君臣之義已經刻在骨髓裡了。

也許他也掙扎過，不然不會拖這麼久，還能讓周顧從容逃脫。但他還是選擇了。雖然服飾華美，但他卻非常憔悴，可見飽受煎熬。

「……參見夫人。」他伏身就拜。

「真不希望是你。」我有氣無力的說，「周顧會痛死。」

他沒起身，肩膀微微抖動。我默然片刻，「你覺得可以的時候，就起來吧。」

范秀過了一會兒才站起來，眼睛看著地上，眼眶卻有些發紅。

「我受定遠王使者之命，前來晉見夫人。」他淡淡的說。

周顧果然動了。所以皇帝才會煩躁得喝了個大醉，跑來胡鬧。

「周顧管到邊患去？」我問。

他湧起一個愁苦的笑，「自從王爺平定邊患後，戍守邊疆的將領，依舊是王爺的麾下大將。除了王爺失蹤那兩年……之後關防會報都送到曹家，也從曹家送出對策。」他笑得更黯然些，「直到兩個月前。王爺拒收任何會報，也沒有任何指示。」

「出漏子了？」我低聲。

他點了點頭，「潼關……」

我雖然路痴，也知道潼關一破，一馬平川，打砸搶超方便的。

「怎麼到這種地步？」我皺緊眉，正要罵滿朝文武廢物的時候……突然心臟被揪緊。「周顧人在哪？」

范秀屏住了呼吸，非常小聲的說，「據說在土謝圖部……」

先是一愣，突然全身顫抖起來，我猜臉色一定很難看，因為范秀跳了起來，「請御醫……」

「不用！」我厲聲阻止。我真的沒事，只是我沒想到……周顧會言出必行。皇帝不放我，他甘冒一個千古罵名，跑去土謝圖部，真刀明槍的威脅皇帝，顯示他有把天下翻過去的本領。

太太膽大妄為！

按照日期，他應該是一接到我的訊息就跑在我前面，直奔關外了。這是圍魏救趙啊！

「王爺是什麼個性，你很清楚。」我盯著范秀，「你去告訴你家皇帝，周顧對我說過，若他放我就罷，不放我，他會把天下翻過去。我曹四兒只是個農婦，但也懂華夷之別，斷不能看蒙古人鐵蹄蹂躪我華夏神州，更不願王爺任意使氣，淪喪氣節，並背負千古罵名。請容我出宮直奔潼關，我將與潼關共生死。」

范秀眼睛都不眨的看著我，眼神非常複雜。他也知道我在呼嚨他，但也知道不是全部呼嚨他。他和我並肩共戰過，知道我的個性。

我不是怕死的人。直到現在，我還有種如夢感，如此漫長十來年了。就是有那麼多人需要我，我才割捨不下。現在周顧又拴住了我。

我的地方，我的人。我的周顧……良人。

我說守潼關，我就會認真去守。我在那兒，周顧達到了目的，就不會讓潼關失守。我們說好了的。

「是。」他總算開口，「謹尊君命。」

聽說皇帝發了很大的脾氣，砸光了他屋裡所有的擺設。但六天後，我因為「君前失儀、不堪為臣」，被褫奪官職，貶為平民，流放到……潼關戍邊。

這理由實在好笑。誰會叫女子去戍邊？更好笑的是，哪個流放的坐這麼舒服的馬車？還被恭恭敬敬的迎到驛站休息？

我的手很痛，每天都發著燒，昏昏沉沉的。但我心情很美好。

離潼關還有一天行程的時候，我正在馬車上打瞌睡，卻聽到兵馬呼喝的聲音，馬車突然停了下來。

車門被打開，在昏暗中待久了，有些不適應。

眨了眨眼，我以為是幻覺。

周顧一半俊美一半燒傷的臉，在我眼前。直到被他攬進懷裡，抱得死緊時，我還迷迷糊糊的問，「你怎麼來了？」

「相迎不道遠……」他輕輕的說，語帶哽咽，「直至長風沙。」

纏繞我十來年的如夢感，就在這瞬間，突然消失了。我終於……著了地。終於……承認了此時此地就是現實。

「……周郎。」我輕輕的吐出兩個字，迸出帶著鹹味的淚。

他將我抱得更緊，避開傷處，輕輕撫著綁著夾板的左手臂。「晚玉，我的小花兒……吃了這樣多的苦……」他的眼淚濡溼了我的臉，也帶著滾燙而真實的味道。

摸著他的眼淚，我真心酸得掉渣。他大病初癒就千里奔波，瘦得可憐。穿著藍布長袍，弱不勝衣，憔悴不堪。只剩眼睛還炯炯有神，現在也讓淚占滿。

扶著他的傷臉，想著他喚我的「晚玉」……他把最後保命的王璽給我，我卻沒保護好，碎成幾片……

哇的一聲，我的心都疼翻了，無限歉疚，「周郎！我……我對不起你……」

他全身一僵，反而死死的將我抱住，「不不不，怎麼能這麼說！是妳吃苦了……快快忘了，是我不好，是我不好……」

「怎麼是你不好？」我哭得有點糊塗，「我忘不了啊！那是……」

他大聲起來，「那完全不重要！只要妳還活著，能回到我身邊，我就……」他眼淚又滾下來，輕輕撫著傷臂，「妳這倔性……硬頂什麼？怪我，都怪我！就算流亡天涯，也該硬把妳扛走……我會加倍待妳好，永遠待妳好！就算生下孩兒，也是妳的孩兒，孩子是無辜的，妳也是無辜的……」

……啊？

我想看著他的臉，但他不讓我離開些，只差沒把我揉進他的胸膛，頗有窒息感。「……周顧，我拚斷一隻手，你還以為我被皇帝這樣那樣？」我悶悶的說。

他終於鬆開我，盯著我的臉看，我更悶了。

「真的沒有？」他居然憤慨起來，「我就說那小子眼色很差……」

我氣得拍了他一下，拍到的卻沒多少肉，心裡難受極了，本來停了的淚又在眼眶裡打轉。

「挨打的人沒哭，妳哭什麼呢？」他拉著我，輕輕的笑。

我嘴一扁，他馬上哄著說，「哪是打，妳力氣那麼小……那只是用點兒力氣的摸。妳再多摸幾下……」

我被他氣笑了，想到王璽悲從中來，「我是對不起你。我把王璽給弄壞了……」

他鬆了口氣，「那算什麼？妳若喜歡砸，以後我找整籮筐的和闐玉，妳就使勁砸！若砸了還不過癮，我搶也搶整個礦山開來給妳砸！」

我又哭又笑，「周郎，你是土匪。」他說情話真的夠殺，頗有土匪氣。

「晚玉，」他將我散亂的頭髮掖到耳後，愛惜的扶著我的臉，「妳是小偷兒。咱們本來是天生一對。」

「胡說，」我皺眉，「我從來不偷東西。」身端影正是我最大的驕傲。

「誰說沒有？」他湊在我耳邊細聲，「妳偷走了我的心。」

……媽啊！我全身都麻了。這真是太惡俗、太雷了！什麼時代了，連言情小說也不會寫這種復古到爛掉的情話……呃，對吼，現在是大明朝。

但這麼俗爛、這麼噁心肉麻的細語，卻讓我滿臉通紅，白癡似的吃吃笑，把臉埋在他頸窩死都不抬起來，只覺得剛被蜂蜜海淹沒……智商突然降得低破地平線。

他又講了很多非常智障的話，我只是不斷的笑，一直用右手捶他。就心理年紀來說，我們都是快奔四十的人。大約是長久而恐慌的離別（其實才兩個多月），殘害了我們的智商，才會像對白癡一樣。

那晚我們都沒怎麼睡。男人就是男人，周顧也不例外。總是要把無形的相思化成可計量的體液，徹底的傾訴才行。本來都是我話多，周顧只做點評而已，這晚他真是聒噪了整夜，用各式各樣惡俗的名字喚我，什麼「心頭肉」「心尖子」……這還是我好意思說的，不好意思的就不要問了。

結果睡醒我手痛，御醫說我的左臂骨似乎有點移位，治療時我痛得眼淚汪汪，卻不敢叫。咱們的大英雄，腹黑周郎，挨了幾百刀沒皺過眉頭。現在在一旁握著我的右手，幾至垂淚。

你說讓他當場哭出來，還英雄豪傑的起來嗎？我只好全力忍住。好在看著他的臉，就不是痛得那麼厲害了。

第二天傍晚，我們進入了潼關。

因為我接完骨非常疲憊，進了潼關我就睡了。說起來真是嬌貴，不過是骨折，我就發起高燒。這還守個屁城，拖累人嘛不是。

頭上燒得昏昏沉沉，心底煩悶不已。周顧忙得要死，但若得了一兩個時辰的休息，就會輕手輕腳的躺在我身邊，若我醒著，他會將我裹在被裡，小心翼翼的抱著。

「這樣你怎麼能好好休息呢？」我發悶的說。

「……妳知道這兩個月我怎麼過的？」他嘶啞的說，「倒是我衣不解甲，可硌痛妳？」

忍住眼淚，我用力搖搖頭，用右手抱緊他。身體沒大好，就這樣勞累奔波，現在還要守城。我呢，卻在這兒裝病小姐，沒辦法幫他任何忙。

聽我絮絮的埋怨和自責，他輕輕笑了起來，撫著我的背。「我願意讓天下糜爛，只要能換回我的病小姐。」

我也笑了，抬頭看他，「周顧，聽著倒是舒服，但你不會這麼做的。」

「怎麼說？」他挑了挑眉。

「因為你是定遠王、驚世絕艷的周子顧。」我很肯定的說，「你寧可衝進皇宮宰了皇帝，只是你不想弄到這一步而已。」

「薜荔，」他肉麻兮兮的說，「妳是開在我心底的心花兒，一體同心呢。」

他休息的時間很短，所以斷斷續續的跟我聊了幾天才算給我個大概。

周顧這個腹黑鬼，被剝奪兵權以後，心底就有了警惕。他知道蒙古軍是大明朝心腹之患，而明朝傳到如今，文嬉武恬，軍隊編制臃腫無當，已經是半崩潰了。要不是蒙古自己也內戰頻仍，再出個鐵木真南下牧馬也不是不可能的事情。

他麾下大將都是將才而非帥才。所以他跟這些將領暗通款曲，私底下幫他們籌劃邊務，卻很黑心的不教他們怎麼做，慢慢痲痹、養成依賴性。

從軍事到糧草，邊關對周顧的倚賴已經漸漸強過朝廷。他心底存個心眼，若是皇帝跟他翻臉，他還能用這把懸在大明朝上頭的蒙古之劍迫使皇帝重新考慮。

但他終究不是神明。千算萬算，沒算到皇帝不急，急死太后。太后重病殆死，雖然私誼上寶愛周顧，但於公來說，周顧太枉顧禮法，心機百出，皇帝一定不是對手。於是傳旨要周顧入宮侍疾，令國舅親自去下懿旨。

周顧做夢都沒想到這個和藹可親的老太太會陰他，更沒想到慈眉善目的國舅爺會巧語哄騙他的王妃，讓他的王妃在他進京前端上毒酒。

等他毒發被國舅爺擒獲時，才大夢初醒。

本來照太后的意思，是要讓他沒有痛苦的死去，但國舅爺聽信流言，說定遠王經營貧瘠秦地，卻可以這麼大手筆的資軍，是因為得了隋皇寶藏。所以拿了個假屍首充數，暗暗將他扣下來，百般苦刑，想他容姿俊美，一定非常愛惜，竟是硬生生烙爛了他半張臉。

周顧一直沉默隱忍，設法用內力（嘎？真有這玩意兒？）化解了餘毒，承受了所有苦刑。伺機打殺獄卒，逃出牢籠，躲在船艙裡順流而下，在安樂縣外靠岸，熬著重傷和心灰意冷，走了幾十里到了我的莊子。

所以他在曹家當帳房先生的時候，那麼心不在焉，實在是他心如死灰。他消沉了一年多，默默的看我忙來忙去。他說，他那時實在不懂我在忙什麼，不為名、也不為利，沒事就偷掀佃戶廚房的鍋蓋，看到吃得不好，就一整天難過，若是吃得好些，就整天有笑容。

「那時，妳說，只求個心安。」周顧讓我趴在他胸口，輕輕撫著我的頭髮，「我想，真是個傻姑娘……跟我一樣，傻得緊。也不敬君父，也不尊聖賢，就是憑著自己的良心，傻透了。」他慢慢輕輕的笑起來，「但我……突然可以呼吸了。我也得到一個真正的答案。」

「我嗎？」我驚訝的問。

「是啊，是妳。」他喃喃的說，「像是黑暗裡開著的小白花，突然讓前面出現了光。」

心底甜甜的，我故意說，「把我說得像蠟燭一樣。」

振作起來的周顧，祕密的聯繫自己的舊部，又開始了籌劃邊防的事務。原本承受兩年沉重壓力的舊部很快就穩住陣腳，又能夠自信滿滿的抗住蒙古大軍的侵襲了。

直到皇帝發現周顧沒有死，將我召入宮為止。

「你去了土謝圖部幹嘛？」我疑惑的說。

周顧大笑，「妳覺得呢？」

我大聲嘆氣，周顧這個烏賊君，沒救了。「我猜是做買賣。大約是扮演赤壁之戰的變體。」

他笑得更響，非常得意。「我是去走私騾馬的。但我燒壞了半張臉，實在太好認……」他似笑非笑的，「根本不用我做什麼。我只要到那些蒙古貴人面前轉轉，私下討價還價，他們就會自己編出自己想當然耳的情報。」

「……那你怎麼知道蒙古人會來打潼關？」我納悶了。

「因為我令人掐死了皮草走私和糧食的管道。」周顧冷冷一笑，「大明朝幾年間旱澇不定，蒙古那邊也不好過。連著三年雪災，凍死牲畜、百姓無數。不是我打開走私這個口子，怕是連貴人、共主都一起餓死了。饑饉交迫，當然會鋌而走險……」

……我從來不知道周顧的生意做到這麼大，直到他詐死還能夠維持下去。這是國際貿易商啊！還不用繳稅、足以操控兩國政治的！

「……周顧，你真不是穿來的？」我抓著他問。

他噗嗤一聲，「我是土生土長的大明子民，祖上有鮮卑血統。可不像我的娘子，是花神出身。」

「要說多少次？我只是來自很遠的時空，不是什麼花神……」

「我知道，我知道，天機不可洩漏嘛～」

我們半真半假的鬧了一會兒，他攬著我，心滿意足。「放心吧，薛荔。這次的險，是故意做給皇帝看的。蒙古內部空虛，而我掐斷的管道已經暢通了，還預借他們許多糧草，以後用牲口抵債。前提是……」

「只給頭期款，不退兵就沒有？」我發現我越來越了解周顧了。

「薛荔，妳真是我的心尖兒，我想什麼妳都知道。」

「……別噁心人了，定遠王。」

＊　　＊　　＊

承平三十一年，蒙古叩潼關。白身儒將周顧統領三軍，臨危受命，苦守月餘，蒙古膽喪，遂簽訂城下之盟退兵。周顧箭傷復發殉國，其妻曹氏自縊從之，帝慟惜，命合葬於潼關，永守邊疆，世人皆以「惟韓梁可比肩」（韓世忠、梁紅玉）敬之……

我說這是哪國的鬼扯。絕對是我家烏賊君編導的，真受不了。

事實上是，等確定蒙古開始退兵，當夜周顧就偷偷將我抱上馬鞍，飛逃而去，直接把帥印扔給鍾會，一個人也沒帶。

就在所有人滿城上下的找人時，我們已經日伏夜出的悄悄進了京，待了兩天。

那兩天比潼關到北京的漫長旅程還難熬，所謂度秒如年。雖說巷弄隱蔽，我也絕不出門，但周顧這個膽大妄為的烏賊，直接告訴我要去見一見皇帝，徹底了結。

「……你要殺他？」我瞠目結舌。

「若為妳，是該殺他的。」看著我還綁著夾板的手臂，他的劍眉可怕的豎起來，「但國君死於非命，苦的還是百姓。」

我默然無語，「沒這個皇帝，也會有其他皇帝。這個還愛面子，愛面子總算是個優點……」

「我去跟他說清楚，以後各走各的。」他淡笑，「其實他說的也不錯，這是他的江山，我操心個什麼勁兒。」

我沒勸他，只是心憂如焚在屋裡走了一夜，只差沒把地板走出一圈溝。

到天大亮，周顧才微帶酒氣，微笑的回來。解了夜行衣，他換上書生袍，姿態非常俊雅瀟灑，連傷臉都神采飛揚。

……這大概就是情人眼底出西施。

雖然不甘願，我還是開口了，「害你的事……皇帝沒份兒。」

「我知道。」周顧輕嘆，「我真正傷心的是，他知道，卻選擇袖手不問。我們同年，我還大他半個月。從六、七歲一起，照顧著他、護著他，與他解愁，同他歡笑……」他沉默了一會兒，「我父死於邊關，母親心痛而亡，從小跟他一起長大，同在太后膝下……」他聲音越來越小，「到頭來，傷害我的，都是我自以為的親人……」

我撲過去抱住他，淚流不止。我懂，我很懂。我知道家庭的傷更甚於陌生人，直抵靈魂深處的劇慟。

「當心妳的手！」他笑嚷，順著我的背，「若是能得妳心疼，倒是時時來傷一下也無妨。」

……這傢伙怎麼越來越肉麻呢真是。

「皇帝對你呢……」我心底一陣不舒服，「可、可喜歡你了……」

「瞎說，就只是從小長大的情誼。」他面不改色。

我哼了一聲，突然有宰了皇帝的衝動。都這地步了，周顧還護著那混帳。周顧光明磊落，我是知道的。但那個三宮六院，兒女生了一大堆的混帳皇帝，居然敢對我的周顧生什麼不應該的心思……就算曖昧朦朧，只有一絲半點，我也不舒服！

周顧好笑起來，「薛荔，我不知道妳也會醋海翻騰呢……」我繃緊起來，想掙開他，讓他又笑又哄的抱緊，耐心的開解，「薛荔，他是皇帝，咱們給他留點面子……連袖子都沒讓他摸著，別生氣……」

我哀怨的看了一眼這隻烏賊君，沒吭聲。

坦白說，我不生氣了，反而有點同情可憐的皇帝。周顧這腹黑鬼，殺人不用刀的。那皇帝大概要害半生的相思病，痛苦歉疚，再無歡顏。周顧光明坦蕩，但從來不是堂堂君子。有仇必報，敵人都露出要害不攻擊，就不是周顧了。

那天我們出京，買了輛馬車慢慢晃，我沒問錢夠不夠用，要去哪裡。嫁了良人就是這麼好，只要問他「怎麼辦」就可以了。

但他倒是問了。「妳說過，妳來的地方叫做台灣。咱們這兒，也有個台灣。」

我當然知道有這麼個地方，但明朝禁海，想去也沒得去。我也想看看五百年前的台灣，聽說那時大船還可以開到艋舺……只是想也沒用。

「咱們先去廣東。」他把我抱到懷裡，「先安頓休養一陣子，習慣一下氣候。起造大船，招募人工……妳會很忙的。」

我瞪大眼睛看他。

這個烏賊君，黑心定遠王，笑得非常美麗……美得令人有點毛骨悚然，揚了揚一道聖旨。「皇帝把版圖外的台灣給我了。」

張著嘴，我找不到自己的聲音。

這隻大烏賊是怎麼辦到的?!

他朗聲大笑，抱緊我，「等我們養好身子，就渡海而去……也效一回虯髯客的豪情壯志。」他的聲音溫柔起來，「我知道妳散盡家財並不難過，但失去曹家莊必定心如刀割。我說過，妳若嫌地不夠，我就把天下打下來給妳。現在只是個小島，卻和妳故鄉同名，姑且居之，好麼？」

呆了好一會兒，我決定，姑且肉麻這一回。

我湊近他的耳朵，小小聲的說，我自己都快聽不清楚。「其實，周郎……我的天下，就是你。」說完我羞愧欲死，只能把臉用力埋在他胸前。

他輕輕笑了起來，低低的，卻充滿歡意。又開始用各式各樣肉麻的小名兒喊我，氣息灼熱的噴在我耳朵裡，我卻覺得腰酥腿軟，溫度節節升高。

我想，他真的聽明白了。

（完）

作者的話

因為老闆磨了半天，所以我終於鬆口願意出書了。（只是我不懂這麼言情，他出來幹嘛）

但書名應該會更改，改成《望江南》。至於為什麼改這名字，是因為歐陽修的〈望江南〉：

江南柳，葉小未成陰。人為絲輕那忍折，鶯連枝嫩不勝吟，留取待春深。

十四五，閒抱琵琶尋。堂上簸錢堂下走，恁時相見已留心，何況到如今。

其實整個故事就是環繞這首詞而生的。講的就是周顧那時的傾心和憐愛，又驚喜她是這樣成熟又天真。

最後他們協同歸隱當時還被視為蠻荒之地的台灣，大約是荷蘭人來占領前一百年。台灣也的確在江南（長江之南……的很遠處），這書名應該沒有離格太遠。

我想在那個時空，在淡水河依舊是天然河港的那個時代，這對像是銳利錐子的夫妻，應該過得很好、很開心。他們那樣會做事的人，終於沒有上司，可以完成他們「只求心安」的夢想。

這是一篇架空穿越文，所以可以避開我懶得找資料的毛病。原本的用意是拿來練筆，哪知道寫著寫著，越來越喜歡，就狂奔完了。其實還可以細寫許多……但我這樣不耐煩的人，還是罷了。而且瑣碎和細緻只有一線之隔，我也不確定可以把握好那個尺度。

但總算是有頭有尾、起承轉合都顧全了。最重要的是，我還從來沒寫得這麼肉麻過，也沒寫過這麼愛哭、這麼容易暴怒的女孩子。但因為小周郎，我終於把原本死寂的心田引入了活水，沒讓它任意荒蕪了。

我並不覺得，看淡一切有什麼不好，閉門隱居有啥不行。只是這樣會漸漸生出離塵心，最後就不再渴求、不再做夢，最後就徹底妨害了我的寫作。

於是我動機很不純的，寫了這篇純言情的小說。

一個人若是什麼都沒有了，僅存的唯一就顯得非常重要，一切都可以犧牲。於我就是寫作。我寧可淪入「求不得」的最苦，也不想因為雲淡風清，心無罣礙卻寫不出半個字。

我很眷戀，也很喜歡心無罣礙，無憾無恨的時候，我也覺得我辦得到。但我很早以前就知道，雖然我百無一用，沒有任何長處，但我是個說書人，我的責任就是訴盡人間無限情，引得讀者與我同歸一夢，這就是我終生的事業了。

不寫作，我就不知道要做什麼，現在等死又還太早。

當然，就我的標準，這篇的情感……太過。（笑）

但沉痾幾乎不起，只能下重藥了。於是蜂蜜三斤，焦糖六兩，佐以心尖子兩副，情愛滿鍋，三熬三煉，看看能不能病癒。

目前為止，最少有起色，不再那麼的冷情了。

只是很抱歉，因為架空，和真正的明朝不同。許多描述一定有所偏差，我也深感愧疚，且原諒我不學無術。

但我還真的喜歡「周郎顧」的周顧，和「十四五」但求心安的四兒，相信他們會手牽著手，一起在台北或台南的海邊散步，周顧繼續肉麻四兒，四兒白癡似的吃吃笑，一面打著周顧吧？

如果讀者看了會在心底湧起一股甜蜜，覺得粗礪的現實足以忍受……那就達到我的目的了。

若是讀者不厭這種蜂蜜調，或許哪天我又覺得該給自己開藥方了，說不定會將藥方說給各位聽聽。

且待來日吧。

蝴蝶2010/2/7

國家圖書館出版品預行編目資料

望江南 / 蝴蝶著. -- 初版.
-- 新北市板橋區 : 雅書堂文化, 2010.04
面； 公分. -- (蝴蝶館 ; 37)
ISBN 978-986-6277-12-2(平裝)

857.7 99004400

蝴蝶館 37

望江南

作　　者／蝴蝶Seba
發 行 人／詹慶和
總 編 輯／蔡麗玲
執行編輯／蔡毓玲．蔡竺玲
編　　輯／劉蕙寧．黃璟安．陳姿伶．白宜平．李佳穎
封面設計／斐類設計
美術編輯／陳麗娜．周盈汝．翟秀美．韓欣恬

出 版 者／雅書堂文化事業有限公司
郵撥帳號／18225950
戶　　名／雅書堂文化事業有限公司
地　　址／新北市板橋區板新路206號3樓
電子信箱／elegantbooks@msa.hinet.net
電　　話／（02）8952-4078
傳　　真／（02）8952-4084

2010年4月初版一刷　2015年11月初版六刷　定價 220 元

總經銷／朝日文化事業有限公司
進退貨地址／新北市中和區橋安街15巷1號7樓
電話／（02）2249-7714　傳真／（02）2249-8715

版權所有 ・ 翻印必究（未經同意，不得將本書之全部或部分內容使用刊載）
本書如有缺頁，請寄回本公司更換